古井由吉論

文学の衝撃力

富岡幸一郎

アーツアンドクラフツ

目次

装丁◉芦澤泰偉
口絵写真◉中野義樹

古井由吉論

——文学の衝撃力

第一章　作家の誕生

「疫病というものを感染伝染の事ではなく、天の癘気のもとで人に一斉に、重い軽いはあっても、あるいは表に出ない者はあっても、ひとしく起こる危機と、原理としては見ていたと考えられる」

――古井由吉「われもまた天に」『新潮』二〇一九年九月号

「小説の恐ろしいのはね、後から見ればどこかで預言のようなことをしているところにあるんです」

――インタビュー「しぶとく生き残った末裔として」『すばる』二〇一五年九月号での古井由吉の発言

出発＝一九七〇年＝「杳子」

古井由吉の文学が日本文学の地平に現れるのは、一九七〇年、昭和四十五年のことである。この年の七月、翌年一月に芥川賞を受賞する「杳子」が『文藝』（一九七〇年八月号）に掲載された。深い谷底に一人で岩の上に坐り体を小さくこごめている女の姿が、山の頂上から尾根道を下り谷へと向かう男の視界のなかにとらえられる。その身も表情もはっきりとした映像としてではなく、山や谷場の高低差とはまったく違う次元の差異のなかに浮かびあがる女。読者は、漂うような女の不思議な感覚に魅きつけられはしたが、この小説がこれまでの近代日本文学の描いてきたどんな「空間」とも異なるものであることを未だよく気づいてはいなかった。芥川賞の選考委員も、作品の朦朧たる気配を指摘するだけであり、この作品の特異さに気づかなかった。

そもそも近代日本文学は、柄谷行人が『日本近代文学の起源』（一九八〇年）でいっているように、「恋愛」という西ヨーロッパに発生した観念（キリスト教的に転倒された世界）を模倣することから出発した。

北村透谷は「厭世詩家と女性」（明治二十五年）で、「恋愛は人世の秘鑰(ひやく)なり、恋愛ありて後(のち)人世あり」といい、恋愛(ラブ)という観念を近代日本文学は導入したといわれている。「人世」の本質を解き明かす鍵（秘鑰）としてのloveは、クリスチャン石坂ミナとの出会いによるキリスト教（聖書）体験から来たと同時に、想世界と実世界の対立という透谷の言葉に象徴されるように、それによって超越的世界としての「想世界」の「空間」がはっきりとイメージされたからである。

「生理上にて男性なるが故に女性を慕ひ、女性なるが故に男性を慕ふのみとするは、人間の価格を禽獣の位地に遷す者」であり、「春心の勃発すると同時に恋愛を生ずると言ふは、古来、似非小説家の人生を卑し」めたものであるといういい方にあきらかなように、精神的な「恋愛」こそ、近代文学の主要なテーマになっていったのである。

そこには、近代的な「自我」の確立というもうひとつのテーマが重なり合っていたのはいうまでもない。夏目漱石は、「二個の者がsame spaceヲoccupyスル訳には行かぬ。甲が乙を追ひ払ふか、乙が甲をはき除けるか二法あるのみぢや」といっているが、『こころ』などの作品には、恋愛（ラブ）というものがひとつの「空間」でぶつかり合うときのなまなましい、エゴイスティックな面が描かれている。近代小説は、自然主義であれ私小説であれロマン主義であれ、この〈same space〉を舞台とすることで成立し展開されてきた。男女の関係性は、エロスや愛や情念も嫉妬や我執も、近代的な人間の眼差しが共有するこの空間が成立することで、表現を確立していった。『杏子』はしかし、この「空間」から逸脱することで書き始められる。

《ゆるやかに傾く河原の、二十米(メートル)ほど下手から、女の蒼白い横顔が、それだけ、彼の目の中に飛びこんできた。
それは人の顔でないように飛びこんできて、それでいて人の顔だけがもつ気味の悪さで、彼を立ちすくませた。ところが、顔から来る印象はそれでぱったり跡絶えてしまって、彼はその顔を目の前にしながら、いままで人の顔を前にして味わったこともない印象の空白に苦しめられ、徐々に狼狽に捉えられていった》

空白の表情との出会い。それは正確には出会いではなく、すれ違いであり、透明な交差であるが、「杏子」という作品はこの若い男女の別次元を行く「歩み」を辿りながら、ゆっくりとひとつの空間(スペース)の内側へと収斂させていく。

《山靴に触れて小石がひとつ転がり出し、女のほうに向かって五、六米落ちて、勢い尽きて止まった。女が顔をわずかにこちらへ向けて、彼の立っているすこし左のあたりをぼんやりと眺め、何も見えなかったようにもとの凝視にもどった。それから、彼の影がふっと目の隅に残ったのか、女は今度はまともに彼のほうを仰ぎ、見つめるともなく、鈍いまなざしを彼の胸もとに注いだ。気がつくと、彼の足はいつのまにか女をよけて右のほうへ右のほうへと動いていた。彼の動きにつれて、女は胸の前に腕を組みかわしたまま、上半身段々によじり起して、彼女の背後のほうへと消えようとする彼の姿を目で追った》

谷底に沈んだ静けさのなかを転がる石の音は、揺れ動きすれ違う二人の眼差しをむすびつけ、周囲の岩々が河原いっぱいに雪崩れてきそうな恐怖感が、男に「女のまなざしを鮮やかに軀に感じ取」らせる。

《見ると、荒々しい岩屑の流れの中に浮ぶ平たい岩の上で、女はまだ胸をきつく抱えこんで、不思議に柔軟な生き物のように腰をきゅうとひねって彼のほうを向き、首をかしげて彼の目を一心に見つめていた。まなざしとまなざしがひとつにつながった。その力に惹かれて、彼は女にむかってまっすぐに歩き出した》

作品は、山中でのこの「奇妙な出会い」から、離人症的な女の心身に寄りそいつつ、共通の感受の場を懸命につくろうとする彼（男）との物語として展開されていく。杏子は二度目の偶然の出会いから、彼に自分の〈病気〉を少しずつ開示する。それは街を歩いているときに何処にいるのかが不明となり道に迷ったり、文字を凝視するとき意味を喪ってしまったりといった、現実界と彼女の心身との極度の分離現象をもたらすものであった。男は突然の失調で迷路に入り込んだ子供のように動けなくなり、世界との接点をなくし彷徨しはじめる杏子との「つながり」を必死に求めつつ、焦燥と不安と、期待と希望の交錯のなかに自身を宙づりにしていく。それは近代小説が描いてきた男女の「恋愛」とは、根源的に異なった位相である。つまり、「杏子」と「彼」は〈same space〉を決して共有することができないのであり、どこまでも伸びる平行線のように、ふたりの眼差しは同じ地平において交わることはない。

「内面性」の克服

　この「交わる」ことのない空間で、どのような男女の合一が可能となるのだろうか。それは性による男女の肉体的な結合のことではない。もちろん、作品のなかで杏子と彼は何度目かの逢引の後に体の関係に入っていく。それはこれまでの恋愛小説や情痴を描いた小説と同じパターンのように見えるが、古井作品はそこにおいて驚くべき転換を試みる。

《低い声を洩らす時でも、杏子の肌はまだ冷たさを保って、彼の肌からひっそり遠のいて悶えていた。その冷たさを通して、鎖骨のくぼみや、二の腕の内側や、乳房から脇腹へ流れる線や、腰の骨の鈍いふくらみなどの感触が、性の興奮につつまれずに、たえず遠くから長い道をたどって集まってくるように、一点ずつ孤立して伝わってくる。その感触にむかって、彼はやはり性の興奮とほんの僅かずれたところで、一点ずつ肌の感触を澄ませていく。

　肌の感覚を澄ませていると、彼は杏子の病んだ感覚へ一本の線となってつながっていくよ

うな気がすることがあった》

エロティシズムや官能性とはあきらかに異なる、身体を通しての感覚の交差がここにはある。眼前の女の肉や肌とのつながりではなく、その存在の奥に在る不可視の、性の交接では侵犯することのできない領域に触れることである。作中では、その閉ざされた領域を「杏子の病気」と記しているが、それは彼女に失調状態や自閉症状をもたらす病いではなく、むしろその「病い」の根源にあるものだ。杏子という心身の全感覚が無数の粒子のように散逸し、その感覚の核が、彼女を取り囲む物や自然の断片を吸引してしまうもの。宇宙が生成し崩壊していく無限大の響きを小さな身体の底が受け止めるような異常に鋭敏な感覚。それは本質的には他者が関与することも共有することもできない、孤独と恍惚の感触であり、彼はそのことを杏子と体を合わせることで次第に深く知覚していく。

《岩の上に坐る杏子と目を見つめあって、岩屑の流れの中をじりじりと歩いた時の緊張が、ひどく切ない求めの感情となって甦ってきた。いつでも、杏子の病気の深みと完全にひとすじにつながりがあったように思う瞬間がある。しかし杏子の感覚の中へもう一息深く分け入ろうとすると、糸は微妙にほぐれて、性の興奮の中へ乱れていく。それでも同じ事の繰返しに、今度は彼は歓びを覚えた。

そんな繰返しに耽って、彼の軀は杏子とのいとなみを重ねてもいっこうに成熟しないで、いつまでも若い男らしい求めの中に留まっていた。それにひきかえ、杏子の肌は素肌の冷たさを相変らず保ちながら、彼の知らぬ間に、病気を内に宿したまま女として成熟していた》

しかし、彼が「杏子と一緒に彼女の病気の中へ浸りこむこと」を願っても、その「病気の核」に到達することはできない。肉体の、性の交りはむしろ杏子の存在の原感覚から彼を遠ざけ、距離のなかにふたりの身体は奇妙に不安定に浮かぶ。両親を失くした杏子はただ一人の肉親であり保護者である九歳上の姉と同居しているが、かつて杏子のような離人症的な病いに苦しんでいた姉は、すでに結婚して二人の男の子を持つ健康な人となっている。杏子は健康になってしまった姉を嫌悪し、自分は健常者になりたくはない、「薄い膜みたいに顫えて、それで生きていることを感じて」いたいと彼に言う。男（彼）は、共空間でいかにしても男女として「つながる」ことができないのであれば、異空間に孤立しながらなおも接近し同化し交接する可能性を探ろうとする。しばらくのあいだ逢わずにいることにした、その間隙の時間のなかで、杏子の「重い肉体感」は男に強いイメージとして現れてくる。

《杏子の軀は病気を内につつんで、そのまま成熟して落着くことを願っている。彼の心が先へ先へ進もうと苛立ちさえしなければ、杏子の軀は癇の強い少女みたいに瘠せ細ることも、淫らな女みたいに肥満した感じを帯びることもない。杏子の病気をなおしてやろうという思い上がりは、彼の中からとうにきれいに消えていた。病気が快方に向かうことも、悪化することも、彼は望まなかった。良くなること、悪くなること、それはどちらも杏子を破壊することのように思えた》

恋愛(ラブ)が近代的小説空間のなかで発生してきたとき、自我(エゴ)の問題と不可分なものとして描かれてきたのであり、漱石のいう「二個の者がsame spaceヲoccupyスル訳には行かぬ」というのは、いわゆる男女の三角関係だけではなく、一組の男女のエロス的関係において自然発生的に生ずる葛藤である。愛は対象となる者とつながりたいという必死の思いであるがゆえに、その存在を破壊してしまう。loveは情欲的なかたちであろうともプラトニックなものであろうとも、本質的には暴力のかたちをとり、他者を侵犯する他はない。この根本の矛盾葛藤が劇となるがゆえに、近代の「恋愛」小説はほとんど反復されパターン化された「same space」を模倣することで再生産され続けてきた。しかし、「杏子」は、この反復を微妙になぞりながら、恋愛（ラブ）を成立させてきた近代的な共空間そのものの崩落を静かに描き出す。

海と水平線

ふたりが再会したとき、杏子は「病み上がりの女のように、回復の安堵と痛みの余韻ともつかない笑い」を浮かべ、今日は海辺に行きたいと澄んだ声でいう。《海という言葉に呼び起されて、ひとすじの鋭い線が、水平線が、彼の情欲の生温（なまぬる）いひろがりの中を走った。水平線を仰いで杏子と二人だけで砂浜に立つ気持を思って、彼は痛みに近

いものを軀に感じた》

輝く海の先を見られるような天候でもなく、遠出をするには午後に入り遅すぎる時刻だったが、長距離電車に乗って海辺に到着する。深い渓谷ではるかに行き交うまなざしを一致させるところから歩みはじめたふたりは、空と海とを「ただ濃淡の異なる二つの灰色のひろがり」を鈍く分ける水平線を目の前にして、共通の視界のもとに立つ。しかし小さな入江にそって岩ばかりの道を先に行く杏子を、その揺れ動く細い女体を追う彼とは同一の地平に存在しない。

《杏子が岩の上にほっそりと立って次の岩を見定めているとき、空の光が変って、彼女のうつむけた額のはるか上のほうで水平線がにわかに鋭さを増すことがあった。すると、くっきりと立つ杏子の軀と水平線とを残して、水のひろがりも岩のひろがりも漠としてつかみ難くなり、杏子のありかを見定める拠りどころとして、遠近も定かでない、ほとんど異なった空間の中にあるような一条の水平線のほかには、何ひとつ存在しないように思われた。そのたびに彼は杳子に身になって、こんな荒涼とした岩の間を、空と水のひろがりにまともに生身を晒しながら、まっすぐに立って歩くことのつらさを感じた。そして杳子が顔を上げて周囲の荒涼さに気づいたりしないよう、いつまでも足もとに目を凝らしているよう、ひたすら願った》

この異空間のなかを行く当てなく「岩をひとつひとつ踏みながら」歩く女の姿は、「一人でひたすらに自分の病気の中へ歩み入って行こうとしているよう」であり、危なげな足取りの杳子を後ろから追跡する男はその孤絶の領域へ限りなく接近する。しかし、近づきその「凍えた軀を腕に抱き取っ」ても、彼女はまた別の空間へと入って行くように身を翻す。「あそこまで行って帰ってくるから、あなた、ここから動かないでいてね」と強い意志で語り、暗い水にむかって歩き出すが、やがて昏れゆく海を背にして一歩ごとに左右に揺れながら彼の方へと戻って来る。短い距離をはさんで互いのまなざしが交わる。杳子は「彼の目を見つめて砂の上を渡ってきた」。

《だが二人の距離が十米足らずに縮まったとき、杏子の視線が彼の目のほうを指しながら、ときどき彼の目を通り越して遠くを眺めやる表情になるのに、彼は気づいた。〈またそばを擦り抜けて行くな〉と彼は胸の中でつぶやいた。そして急に冷えた気持になって、〈いまに逸れるぞ。ほら、左へ傾き出した〉と杏子の歩みを見まもった。すると杏子はふいに支えをはずされたように軀をこごめてよろけ出し、左へ左へとよろけながら彼の目を険しく睨みかえした》

共時的な空間において、互いの眼差しを交わらせることのできないのであれば、いかにその身を接近させ抱擁しようとしても、そこには不可視の断層が横たわっている。この醜悪な空間の亀裂を男も女も渡っていくことはできない。

《やがて杏子は彼から目を離し、両腕を胸の前で組みかわして、砂の上にかがみこんだ。そして膝を砂の中に埋め、軀を低く前へ傾けて、砂の表面に立ちこめるほのかな明るさを透すように目を凝らし、長いことかかってようやく彼の目をまた探り当てた。そして杏子の声とも思われないひどい嗄れ声で言った。
「あたしを観察してるのね、あなた。勝手になさい。だけど、あなたがあたしを観察すると、あたしも自然にあなたを観察することになるのよ。どちらかだけということはないのだから……。ほら、あなたが砂の流れに乗って、こちらを見つめながら、段々に逸れていくのが、よおく見える」
杏子の目に射すくめられて、彼は軀を動かせなかった》
「ひどい嗄れ声」は目の前にいる男に向けられた女の声ではなく、異次元にいる男に届かせるための叫び声に他ならない。この浜辺での場面のあと、彼と杏子は電話を通して声の響きのなかで、互いの位置をもう一度確かめ合いながら親和的な状況を作り出していく。「声」は身体を介在させないコミュニケーションであり、それは別々の場所にあって、つまり異空間でのはるかな木霊として時間を成熟させていく。その静かな時の流れのなかで、杏子の心は不思議な転換を示しはじめる。それは、彼の杏子への深い共鳴のなかでつくり出されていくのである。作品の最後は、杏子が自分の部屋で彼とともにショートケーキを食べながら互いの距離をひとつの時空へとつなげていく場面である。
そのとき杏子は彼に向かって次のように語る。

《「そうね……。あなたには、あたしのほうを向くとき、いつでもすこし途方に暮れたようなところがある。自分自身からすこし後へさがって、なんとなく稀薄な、その分だけやさしい感じになって、こっちを見ている。それから急にまとわりついてくる。それでいて中に押し入って来ないで、ただ肌だけを触れ合って、じっとしている……。いつも同じだけれど、普通の人みたいに、どぎつい繰返しじゃない」》

杏子は、「明日、病院に行きます。入院しなくても済みそう。そのつもりになれば、健康になるなんて簡単なことよ。でも、薬を呑まされるのは、口惜しいわ……」と彼に語る。彼女の部屋の窓辺から西空に広がった赤い光が入り、その光の中で彼は右腕で杏子を包み込む。「ああ、美しい。今があたしの頂点みたい」と呟く杏子の存在の奥で、緩やかな世界との合流がはじまる。そのとき、《彼の目にも、物の姿がふと一回限りの深い表情を帯びかけた》。

「杳子」という作品の出現は、近代小説で描かれてきた「恋愛」の空間を新たな次元へと変容させつつ、そこでこれまでにない小説の可能性を示した。それは、恋愛という関係性を男女の心理や意識の領域から解き放ち、内面的な（自我と関わる）出来事として描くことの限界を超えていったことである。

「近代」の変容と終焉

古井由吉は、この出世作の前にオーストリア出身の作家ロベルト・ムージル（一八八〇〜一九四二年）の作品を翻訳しているが、ムージルの中篇小説「愛の完成」「静かなヴェロニカの誘惑」の日本語訳を試みながら、そこで展開された男女の「結びつき」における新しい体験をみずからのひとつの課題として取り組んだ。作家は、近代文学が「内面性」を現代のテーマとして取り組んできたことの意味と限界をムージルの作品を通して分析し、内面的なるものへの傾斜がひとつの危機の表れに他ならないことを指摘する。

《とくに、世界が急激に新しい様相を呈しはじめた時、閉鎖はあらわになる。内面性は出来事を通じて、新しい現実を体験することを知らない。出来事は時間と偶然に支配されており、認識の真の対象となり得ぬ、という態度ははじめにそうであったような、現実の克服ではなくなって、出来事への無頓着と無能になる。そして、そのように内面性より見捨てられたところで、出来事はただ異常なものになってしまう》（『ロベルト・ムージル』『結びつき』における新しい体験」二〇〇八年刊）

内面と外界、認識と行為、精神と肉体。文学における「近代」とは、産業革命がもたらした市民社会の反映だけではなく、人間の内的なものにある絶対的な価値を視るプラトニズムがもたらした。「内面」こそ、だから近代文学の布置となる。この内面性にとどまることをよしとせず、「現実を超えた境における愛の合一」（『ロベルト・ムージル』）を描こうとしたムージルの小説の驚くべき言語世界と、古井由吉は出遭う。そこから、「杳子」は出発し、この試みは近代小説の「空間」を決定的に変容させるものになった。それはたんに小説の主題や技法の問題ではなく、現代世界の急激な変化が背景にあるからであり、それを言葉がいかにとらえるかという言語表現の本質的な困難に、作家が直面したからである。「小説は社会を映す鏡である」といわれるが、それは現実をリアルに描けばよいというのではなく、その現象の背後にある名付けようもないものに、新しい言葉を与え、刻々に変化してやまない出来事の本質をとらえ表現することである。

古井由吉は、この意味で現代世界の実相を小説というジャンルによって最も先鋭に描き続けた作家である。硬質かつ緊密な抽象度の高いその文体の特異な小説空間は、一見すると現実を映し出すリアリズムとは異質なもののように思われる。しかし、現代世界の、その現実と社会の微細な流動を、これほど稠密に根底的に作品化した作家は他にいないのである。古井文学は、文学史の名称で「内向の世代」の文学などといわれたが、その作品はむしろ逆に、現実の外界の正体を描き出すところに最大の特色があるといってよい。

二十世紀後半の世界は、急速な技術文明の進化と情報化社会の到来によって巨大な変貌を示し、日本社会も一九六〇年代からの高度経済成長を通して明治近代化百年のスパンでの決定的な転回点を迎えた。「近代」がその底から揺れ動き変容し始めた時期、近代市民社会から生まれた小説というジャンルは、新たな領域を変容の中で切り開かねばならなくなったが、古井由吉が小説家として登場した一九七〇年は、まさにその時点であった。

《目標にできるような先行者はいませんでした。いまの社会のように、表面は平穏で、底の方が急変してゆく社会は、歴史上、なかったはずです。これまでは、社会が変わる時は大事件が節目となってきました。明治維新、関東大震災、二度の世界大戦。こうした節目で日本は大きく変わったことは、はっきりしています。ところが、戦後は、同じクラスの大事件は、起こっていません。にもかかわらず、大事件があったのと同じどころか、より大きく社会は変っています》(『人生の色気』二〇〇九年刊)

古井由吉は後に時代と自らの文学を回想した発言集でこう語った。

「先行者はいませんでした」。古井氏は、この決定的な「変化」の時代の断層から出発したのである。

翻訳の臨界点から

一九六〇年代の高度成長期に、古井由吉はドイツ語・ドイツ文学を教える大学教員としての仕事をはじめる。一九六二年から三年間、金沢大学で教鞭を取り、六五年から立教大学でドイツ文学の読解と翻訳のなかで日本語の新たな創造への道程を歩きはじめる。作品の中身は後で触れるが、同人雑誌『白描』に一九六八年一月に発表した三十歳の時の処女作「木曜日に」は、山の中を彷徨い歩く主人公の感覚を通して日常の時間を削り取っていく、その微粒子のように砕かれた言葉の流動のなかに浮かび上がる超越的な微光は、当時作家が沈潜していたロベルト・ムージルなどの翻訳作業と不可分なものであった。二十六歳の古井氏は、すでに引用したロベルト・ムージルについての論文を記すが、その冒頭の言葉は、作家が自らに課した文学への根源的欲求であった。

《新しい体験を描き出すこと、これが現代作家の欲求であり、また、存在の理由でもある。

自分の現に住む世界の中で人間的に不可能だとされているものを、なおかつ人間的な体験として描いてみること、また、ただ異常な出来事として精神の外におかれているものを内面的なもので満たしてみること、そのような試みへの衝動に責められていない作家は、現代作家として評価されるべきでない》（『ロベルト・ムージル』）

翻訳家から小説家への変貌。ドイツ文学者としての古井氏が、ヘルマン・ブロッホの小説「誘惑者」やロベルト・ムージルの「愛の完成」「静かなヴェロニカの誘惑」の翻訳に没入していたことは、重要である。カフカ、ノヴァーリス、ニーチェ、そしてブロッホ、ムージルなどのドイツ語の熟読のなかからこの作家が誕生したのである。とりわけ翻訳という作業は、作家の日本語そのものに微妙な影響を与えたことは想像に難くない。特にブロッホ、ムージルという現代ドイツ文学の最前衛の言語を日本語に訳すことは、この小説家に新たな日本語文体を生み出させた。

二〇一二年に行った講演「翻訳と創作と」（『群像』二〇一二年十二月号）で、古井氏はブロッホとムージルの文章がどちらも長いセンテンスを特徴とし、関係詞あるいは名詞の同格をつなぎとして副文を長く連ねたヨーロッパ語の特性を極限まで駆使していることを指摘している。そして、それを現代日本語に移すことの困難さを語っている。

《さらに難儀なことがもう一つあります。ブロッホ、ムージルの長いセンテンスの場合、そのセンテンスの内に、とりわけ音律の頂点を回るあたりに、展開というよりも変移といったほうがいいでしょうか、あるいは変調がある。そして、しばしば超越を含ませる。なにか異なった次元へ抜けそうな気配をのぞかせる。これこそ日本語に受けとめにくいものです。訳するのに苦しんでいるうちに、読めていたはずの原文の文脈が、かえってつかめなくなって、日本語もあやしくなってしまうことがよくありました》

さらに、この文体の展開と変移、上昇と下降の運動を辿りながら、現実空間を突き抜けた超越へと接近し、その頂点を回って下降する、そのめくるめく言語世界をどのように日本語へと引き移すのか。

《特に象徴主義、神秘主義の傾向のある文章では、その頂点にいわく言いがたい境、黙示的な境があります。そこで読者はしばし宙に迷う。予感と理解のはざまと言ったらいいでしょうか。まして翻訳者は言語の宙に迷うのです。原語と母国語のはざまと言ってもいい。グレーゾーンに放り出されるんです。つまり、宙に浮く。しばし言葉を失うということです》

この超越の頂に向かう瞬間に「言葉を失うということ」こそ、近代日本の口語散文のクリティカル・ポイントであり、古井氏は翻訳者としてこの地点に到達する。そして、そこから小説家としての出発を遂げる。ここにも「先行者」はいない。いないというよりは、挫折した「先行者」しかいない。

フローベールの翻訳者であり、近代日本文学への苛烈な批評家であった中村光夫は、二葉亭四迷を問題化することで(『二葉亭四迷伝』)、近代日本文学のみならず日本の「近代」の、この批評的・危機的な側面を明らかにしようとした。中村は次のように指摘する。「(日本の)自然主義以来の作家の文体は、本来が建築の材料であるべきものを、絵具と間違へて、カンバスに塗つてしまつたやうな、奇妙な平面性を特色としてゐますが、この問題は、我国の口語文発達の歴史、さらにさかのぼれば、我国の近代文化全体の性格にかかはってきます。（中略）我国の近代の口語文は、語彙が西洋からの輸入で豊富になっただけで、その論理的表現力や思惟の道具としての明晰性については、旧態のままに止まったので、その様相は、（中略）不思議な混淆状態を示してゐる国民の生活の忠実な反映でした」（「ふたたび政治小説を」一九五九年）。近代日本文学の散文は、言語のこのキャンバスの「奇妙な平面性」の上で展開されたが、戦前の自然主義や私小説を乗りこえていこうとした、野間宏や埴谷雄高や三島由紀夫らの戦後文学者たちも、安部公房や大江健三郎といった作家たちも、この日本の近代性との格闘を文学の言葉の次元で成そうとした。一九六〇年代の高度成長期に活躍した「第三の新人」の作家たちも、各々の文学的主題を微細な日常性に照らして描くなかで、新たな小説の方向性を創っていったが、翻訳者としての古井由吉は、この近代の口語文を「小説」というスタイルで書くことの原点、百年の日本語を貫く、その二葉亭的な困難と異和にぶつかることから出発したのである。

「杳子」を発表した一九七〇年、作家は作品集『円陣を組む女たち』『男たちの円居』を立て続けに刊行する。芥川賞を受賞した翌七一年の一月には『杳子・妻隠』を上梓し、同年の十一月には「新鋭作家叢書」全十八巻の一冊として『古井由吉集』を出している。翻訳者としての苦闘は、その言葉の臨界点から、近代日本文学の比類なき作家の誕生を急がせたのである。

第二章　文体の脱構築へ

「古井由吉の歩行に、……芳香、……（薔薇らしいのだが、……）を嗅ぐ、……。あるいはこの先導獣の醸す空気の横振れに、途方もない、杳（ハル）かな、……（ニホン語の、……）未来の芳香を嗅ぐ、……。」
――吉増剛造「先導獣の醸す空気の横振れに――古井由吉」『火ノ刺繍』より

習作「木曜日に」の先駆性

翻訳から小説へ。そのプロセスを際立たせているのが処女作「木曜日に」である。この小説の文体のなかにすでに古井作品の特徴的な声が低く響き渡っている。

「木曜日に」は、都会に生きる主人公が霧の山中を彷徨し、ある種の浮遊感のなかで時間の奥へと旅していく作品である。そこには常に一週間、七日間という日にちと時間が流れているが、主人公は木曜日になると奇妙な現実の喪失状態に陥る。

《しかし木曜日になると、奇妙な習い性のように、私にとって時間はゆっくりと流れた。朝、目を覚ますと、もう私の胸の中には、今日は木曜日という意識が濃くわだかまっていた。一日中消え失せることがなかった。木曜日に、私の注意力は平生よりいくらか散漫になり、それにひきかえ連想はいよいよ活発になる。ある木曜日のこと、私は、私にとって木曜日という日が以前から疲労困憊の日であることに、いまさらのように気づいて驚いた》

それは月曜から土曜までの勤め人としての周期というよりは、その日常の空間を生きる「私」のなかの時間の流れの感覚から由来する。きっかけは、ある日の月曜日の朝に仕事を休み、ひとり温泉場から山へと入っていった瞬間からである。表尾根を行くハイカーをやり過ごして「私」は目立たない分岐点から裏尾根への道に入っていく。

《……それから三日間、人の姿のない木深い尾根道をひとりでたどって来て、木曜日の朝、小屋の中がわずかに白んだのを瞼に感じて、寝袋の温かみの中から這い出した私は、ふと自分のうちに、音もなく眠りから這い出す一頭の獣を感じたものである。そして、まさにひたすらな眠りから這い出して、ひたすらな食欲に耽る獣のように、私は顔も洗わずに食事にかかり、顎を鈍重に動かして味気ないパンを嚙みながら、すでにその時から、何かを見つめる気持になっていた。何というあさましい孤独だろう、と私はつぶやいた。夏の終りに一週間の休暇をとって、行く先を誰にも知らせず、帰っても旅のことを誰にも話すまいと心に決め、こうして日頃の孤独の中にさらに孤独をつくり出したそのあげくが、暗い藪から藪へと地を低く這う獣みたいに、言葉もなく、笑いもなく、恥らいもなく、まどろみからまどろみへと歩いてきた》

小屋を後にした「私」は、背後で陽がだんだんと昇りくるなか、灰色の靄の中を頂上に向かって登っていく。登り行くと高原が広がり、さらに痩せ細った尾根の上を歩き、山の頂上に立った。濃い霧の中、眺望は遮られていたが、山頂の東側は断崖となって垂直に落ちている。虚空を眺めながら、あらゆる姿かたちを飲み込んで静まりかえる霧の海が、偶然明るんで中空に一枚の巨大な岩壁が現れる。「私」は自分が山頂ではなく、その前山に立っていることを知る。東へ向かって登ったのか、それとも下りの道であったのか。思い出すことはできないが、その時「一閃の光が背後から襲いかかり、蒼白い響きを立てて、私を岩の上に叩きつけた」。蒼い光のなか、「私」は幻の山の姿を眺め、登攀と滑落のなかに自らが巻き込まれていくのを感じる。この登山の不可思議な記憶は、木曜日になると変幻するかのように立ち現われては「私」を呪縛する。

《あの木曜日に、あの虚空の辺(ほとり)で山靴を抱きかかえるように蹲って、私はけっして恐れの中へ耽りこんでしまったわけではなかった。私は自分にとってまだたしかな唯一のことをはっきりと知っていた。それは、とにかく麓に還るつもりなら、あの御越山の頂上にもう一度立たなくてはならないということだった。雷を孕んで沈黙する霧の奥に隠されて、どこかでその鋭い穂先をかすかに傾けて立つ岩の塔へ、いましがた幸運にも何も知らずに通り越してきたところへ、もう一度、今度は何もかも知りながら、登って行かなくてはならないということだった。つかのまの虚脱があった。やがて岩を叩く雨の中で私の肌が生暖かくにおい出し、奇妙な震えがはじまったとき、私はふとわが身相手の繰言(くりごと)をやめて岩の上を離れ、そのままおし黙った心で、おし黙る霧の中へ一歩一歩踏み入って行った》

「木曜日に」は、このように霧のなかの尾根を、また幻の山頂や岩壁、蒼くさらに白い光のなかをはるかな虚空に接するかのごとく彷徨するところを描いている。作家は、「この作品は私の二十代の唯一の作品であり、およそ五年間さまざまな気持をこめて幾度となく書き直したあげくが、このような瘦せこけた姿となって落着いた」といっているが、その「書き直し」が何に向けてなされたかは明らかだろう。ここでは小説が持つリアリズムとしての空間があらゆる角度から圧縮され、知覚は周囲の存在をとらえるためにではなく、「私」の身体と意識を分裂させ、また統合させる時間をひたすらとらえようとする。それは、作家がブロッホ、ムージルの翻訳のただなかで体験した、回転し上昇する言葉が超越的な「異なった次元」へ抜けていこうとする瞬間を、日本語によって描き出そうとしているからである。

「木曜日に」から聴こえてくるのは、主人公のなかで外界の存在感がどこまでも希薄化するときに生ずる、時間のざわめきである。耳の人が作家となる。そこには翻訳者として垣間見た「言語の宙」が現れ、通常の日本語のコンテクストはひとたび徹底的に解体されなければならない。このような創造を小説に強いることは、まさに「痩せこけた姿」へと言葉を連れていくほかはない。

「木曜日」とは、この作品のなかでは一週間という日常的に定められたクロノスとしての時間、現実の一日ではなく、創世記の天地創造の物語の末尾に記される言葉（創世記第二章三節）の「七日目を神は祝福して聖なる日とされた」の「聖」（ヘブライ語でカドシュ）の意味合いを密かに帯びる。この処女作のなかに、すでにひとりの稀有な小説家が、つまり文体が生まれている。

一九六〇年代＝大衆社会＝「先導獣の話」

「木曜日に」に続いて、同じ年の暮れに作家は「先導獣の話」という不思議なタイトルの作品を『白描』に発表する。これは「木曜日に」とその幻想性において通底しながら、一九六〇年代以降の高度経済成長と大衆化社会の様相をかつてない視座からとらえた注目すべき作品であり、後の作家の代表作『楽天記』へと生成していく。

ストーリーは五年ぶりに地方から都会に戻って来た「私」が、都市の喧噪とその内に込められた群衆の異様な静けさを感じるところから始まる。そこで「私」の脳裏に「先導獣」のイメージが執拗に浮び、離れなくなる。のどかに拡がる草原の群獣のなかの若い一頭が不意に走り出し、それにつられて群れ全体が一つの肉体のように疾走しはじめる。この物狂わしい獣たちの疾駆は、動物の本能ともパニックであるともとれるが、それは巨大な都会のなかで行き交う人間たちの姿にそのまま重なる。毎朝のターミナルに流れ込む無数の人々は整然とした歩行の流れを作り、黙々と群れを成して仕事先へと向かうのであるが、これらの群れを先導しているのは誰なのか、その静かなる群衆はある瞬間に暴流のような動きを始めるのではないか、といった思いにとらわれる。

《先導獣とはどんなものか、私にははっきり思い浮かべられなかったが、しかしそれがどんなものではないかははっきりわかっていた。それは強烈な個性ではなかった。なるほど強烈な個性はまわりの人間たちを、違和感と屈辱感によってだけでも、かなり遠くまで引きずって行くことができる。実際にそんなこともあった。しかしこのように滑らかに流れる大都会の群衆には、いかに強烈な個性をもってしても、とうてい歯が立ちはしない。そもそもあの流れの中に入っては、強烈な個性などというものがありうるだろうか。しかしまた、この巨大な流れにしても、けっして揺るぎなきものではない。もっとも短い時間を歩むことに没頭している人間の心には、ちょうど複雑な機械を一心に操縦している人間の場合と同様に、あきらかに大きな虚がある。そしてその虚を唐突なやり方で衝かれたとき、われわれは深い眠りから叩き起された時のように、もっとも短い、もっとも原始的な反応を示しやすい。しかもこの反応はとにかく現れると、同じ必要に導かれて同じテンポで歩む群全体に一斉に現れるのだ。そしてひとたび混乱が生じると、あまりにも合理的な秩序は一気に崩れ去る》

作品の後半で学生たちのデモの渦に巻き込まれた「私」が負傷し、さらに警察官に先導者と誤認されるというエピソードが出てくる。この作品が一九六八年に発表されたことを考えれば、この「群れ」から六〇年代後半に展開された学生運動の騒乱を容易に想起できる。しかし、作家がとらえようとしたものはその時代の政治的な熱狂ではない。その熱狂性が政治や思想から発生するのではなく、むしろ六〇年代から広がっていった日本の大衆社会状況、マス（大衆）化したトータリテリアニズム、全体主義へとなだれ込んでいく状況を映し出す。それは一九六〇年の安保闘争が終息した後の群衆が、経済の豊かさのなかへと走り込んでいく姿でもあり、大量消費時代の空気が作り出した「大きな虚」の正体でもあった。この大衆化としての全体主義は、二十世紀前半の独裁者による支配体制ではなく、目に見えないネットワークによる監視システムであり、さらに自由の抑圧ではなく、逆に自由の過剰や拡大がもたらすまさに今日的な新しい全体主義である。

「先導獣」の正体はやがて浮かび上がってくる。それは満員電車のなかから溢れ出した人々が、そこだけ特殊な真空のように避けて通り過ぎていくところに蹲っている一人の嘔吐する男であった。それは雑踏の静かな中心点となり、足早に歩み去っていく群れの存在感を吸い取りながら、その全体を支配するかのような虚点となっていた。この一人の群衆のなかに蹲っている無名の任意の男こそ大衆社会を動かすものであり、戦後日本の大衆政治の隠された先導獣であった。すなわち、それは大衆を主導するかのように見える強力な権力者ではなく、むしろ大衆のなかに蹲るように存在し、そこに追随する者であるという洞察がここにあるのだ。誰でもが入れ替わることができるような、無表情の先導獣。

マルクス主義思想の洗礼を受け、戦争と革命の時代を身をもって生きた戦後派作家たちが見ていた「政治」の世界観ではとらえられなくなった、大衆社会化した政治状況を「先導獣の話」という小説は明らかにしているといってもよい。国家と人民、権力者と大衆、集団と個人といった対立構造はマスクラシーのなかで変質し、一人の人間においてすらも内と外の区別が混沌とする、そのような不可視の曖昧な領域を、作家の言葉は表出しているのである。このような「政治」と「時代」の状況を作り出しているいちばんの底にあるもの、すなわち質的にはその内実にある虚無が、表面においては量的に肥大化し、巨大な物質を生み出す大衆社会の構造をこのように描き出した小説は、これまでなかった。

もうひとつ作中に印象的な場面がある。地下鉄のわずかな遅れが地下道に祭りのような雑踏を作り出し、その人混みのなかで二人の中年男が互いに肩を寄せ合って何やら熱心に話し合っているのを「私」は目にする。しかし、人々が動き出して分かったことは、その二人が密談ではなく息をこらして小突き合っている、つまり鹿同士が角を突きあうように行きずりの男が喧嘩をしていたのである。

《あの二人は自分たちの気狂い沙汰が人眼に触れるのを、自分たちのために恐れたばかりではなくて、まわりの人間たちのためにも恐れたのではないだろうか。彼らは、どす黒い血を流す怪我人をまわりの眼から隠そうとする者たちと、つまりは同じことをやっていたのではないだろうか。それはもう小心と呼ばれるような個人的な不安ではないのではなかろうか。ことによると、周囲の滑らかな動きと静かな渋滞の中にひそむ狂奔への不安が、彼らの手足にのしかかっていたのかもしれない。なぜといって、いつ崩れ落ちるかもしれないドームの下で暮らしている者は、たとえ我を忘れて吠え猛る時でも、思わず知らず声をひそめているものだ》

表面は平静でありがなら、内側は憤怒に満ちた沈黙を孕む。集団の狂騒と個人の不安は、微かな空気の流れのように環流しながら、隔てる壁もなく浸透しあう。そのとき「私」が唐突として考えるのは「殲滅兵器」のことである。どこかの地下室でその兵器が、われわれの上に照準を合わせている。偶発的にボタンが押されれば、その兵器によって敵も味方も区別できないような破滅が出来する。

《しかしそんな殲滅の脅威の下でも、人間は存分に生きるよりほかにない、と私はもう一度考えてみた。崩れかかったドームの下でも、人間は身近なものへの愛憎にかまけて、十分に物狂わしく生きられる。むかしから人間は、いかに小心な分別にとらえられているときでも、巨人の眼とも言うべきものをそなえており、そしてこの眼はどれほど恐ろしい非理性の爆発を前にしても、結局は存続するだろう人間的なものを肯定しつつ、海のように冷酷でやさしく、あらゆる惨事を見まもってきた。しかしこの巨人の眼も、人間がついに我ものにした真に殲滅的な力を眺めるとき、もはや人間的なものの全き発動を肯定しきれなくなって、謎を解かれたスフィンクスのように崩れ落ちてしまう》

ここでも作品が一九六八年に書かれたことを想起すれば、核兵器による平和の均衡の危うさというだけではなく、六〇年代以降の日本がアメリカの「核の傘」の下で高度経済成長を満喫し、その「ドームの下」で安穏として暮している裏側にある深い危機の正体がここに暗示されていることに気付くだろう。キューバ危機やベトナム戦争などにたいして、当時の文学者や知識人はさまざまな発言をし、また行動もなしてきたが、「先導獣の話」はそのような社会の喧噪の底に潜り込むようにして、人間の非理性の日常化、内なる破滅への狂おしさが表面的には冷静さを装っている現実を摘出してみせる。無名の作家による、この小さな作品は、このときすでに「戦後」という時代の変容とその現象世界の深部を抉り取っていたのである。翌年、学芸書林版『現代文学の発見』別巻『孤独のたたかい』に「先導獣の話」が収められたのは偶然ではない。ここに現代文学の最前線が明確に表明されていたからである。

災厄としての空襲＝反復する時間

《五月二十四日の未明、東京の西南部を山の手から郊外まで焼き払った空襲に、私の家も焼かれた。ひと月あまりの無事にやはり気がゆるんでいたようで、前日は昼間から宵の口まで雨もよいだった空が夜更けには晴れあがっていたことに気がつかなかったらしく、警報が鳴っても、今夜も格別なことはあるまい、と睡い眼をこすりながら防空壕に入ったところが、まもなく壕の中で身動きが取れなくなった。頭上をつぎからつぎに低く掠(かす)める敵機の編隊の爆音に、降りかかる焼夷弾の、空気を擦(こす)って迫る音に、防空壕の底から、一時間ほども耳をやっていたか。青い閃光が壕の内へ射しこんで、庭へ飛び出した時には、家は二階の屋根にいくつも鬼火のような炎をゆらめかせ、内にも火が入ったようで、戸窓の隙間から白煙を盛んに吐いていた》(『半自叙伝』二〇一四年刊)

古井作品において、この七歳のときの空襲の記憶は反復するかのように描かれている。それは単なる繰り返しではない。反復することは過去をなぞるのではなく、そのことで未来の時間を呼び込んでいくのであり、日常の時間のなかで明滅する異質なる恐怖の体感として描かれていく。その恐怖は、どれほど歳月を経ても消え去ることはない。むしろこの七十年という時の経過のなかで、より陰惨なその正体を明らかにするだろう。

古井氏の小説で、この年少時の空襲体験がはじめて克明に描き出されるのは、一九七七年に刊行された短篇集『哀原』所収の「赤牛」である。

「赤牛」では、最初に奇妙な挿話が語られている。林立するビル同士の僅かの隙間に窓から偶然に転落した女性が挟まれて落下することもなく身動きができなくなる、といういささか非現実的な出来事であるが、救出を待つ間に女性は文字通り肉体的な恐怖に苛まれる。「恐怖は肉体のものだ。精神は恐怖を受け止められない」。ここから防空壕のなかに蹲る女の顔、母親と姉の常とは異なる表情が浮び上り、焼夷弾の落下とその粘りつく火によって家が人が燃え上がり、無数の避難者たちが道路いっぱいに猛火のなかをくぐるように逃げていく光景が再現される。焼け野原のあとに残されたのは、不気味な一頭の赤い大きな牛の姿であった。

《我家の焼跡に立ったとき、私は底の抜けたような気楽さを覚えた。これでもう焼かれるものはない、これでもう空襲を恐がることはない。四方の明るい灰色のひろがりの中に点々と焼け残って、陰気に焼けた羽目板を晒して立つ家々のほうが、むしろ厄災の姿のように見えた。衣類の焦げる臭いの充満した焼跡を棒の先で掘り返すと、見馴れた品がいろいろと、すっかり火が通っていながら、あんがい原形を留めて出てくるのが面白かった。防空壕の中でぐっすり眠って目を覚ますと、父親がいつのまにか戻って来ていて、庭の隅に、焼け残った門扉を床にして焼トタンでまわりを囲ったバラックが立っていた。日の暮れに焦げ臭い握飯が配られてきた。夜の眠りも安らかだった。定期便と言われた敵機の来襲がその夜もあったらしいが、親たちも起き出さなかったという。夜明け近くの夢の中でも、焼跡が見渡すかぎりひろがり、人の姿の見えない大通りを、昨日の赤牛が飛び回っていた。耳から足の先まで痺れさせるような重い声で吠えながら、太い図体を妙なふうにくねらせて、踊り狂っていた》

子供の身体は廃墟のなかで人間よりも異形の動物に感得し、破壊の跡よりも存在しているもののなかに災厄の兆しを見る。このあと、焼け出された家族は岐阜県大垣市の父親の実家へと避難する。小さな城があり、石垣と堀を巡らした静かな町までは空襲は及ばないとの大人たちの安堵をよそに、子供である私は密かな怯えを覚える。家々の間を歩き、防空壕がほとんど見当たらないことから、焼夷弾が落ちたら逃げ場もないと思い、「私は湿っぽく沈んだ町の空気にすでに煙のにおいを嗅ぐ気がした」。人々はあちこちの都市の悲惨な空襲を他人事の噂話のように語り、この町は爆撃隊の途中の経過地点に過ぎないと高を括っていた。子供の「私」に戦争の状況など判断できるわけもなかったが、大空襲が必ずやってくるとの恐怖に苛まれる。「私」は現実の向こうを明視するような敏感さで見るもの全てに「悲惨の到来」を感じ取り、それは身体的な怯えとなって襲ってくる。

《叫びこそ立てないが、まるで盲目の民に滅亡を告げ知らせる預言者みたいなものだ。正体はもちろん、逃げ足の遅い子供の怯えである。しかし怯えの中へ沈みこんで恐怖から逃げようとすることは、子供でもやることなのかもしれない。怯えを強く抱きしめれば、恐怖はこちらを物の数に入れずに通り過ぎるとでもいうような、そんなはかない気やすめは、追いつめられた人間の中にとかく生まれるようだ》

やがてこの小さな預言者の怯えは現実のものとなる。敵機が気まぐれのように一トン爆弾を投下し、その後無数の焼夷弾が大垣の町を焼き払う。この破滅と崩壊の予感を自らの身体に感じとっていた子供の姿のなかに、小説家となっていく古井氏の原型があることは疑いえない。そこではあらゆる知識や理性による判断は封じられている。大人たちの語る言葉への不信がある。いや、語られる言葉そのものへの懐疑が広がる。幼い肉体が受け止める恐怖が、阿鼻叫喚の地獄を透視し、存在しているもののなかにすでに消失してしまったものをとらえる。

興味深いのは「赤牛」という作品の冒頭で、ひとつの鮮烈な声が横切っていくことである。暗闇のあちこちから人間たちの話声が立ち始める。爆音のなかをその声が通る。それは女たちの声であった。その声は鮮やかに生々しく響き、不安な髪の臭いまで運んできそうに感じられる。


《——今夜はいけないかもれしない。わたし、食べておくわ。あなたたちも、そうなさい。

——裏のお爺ちゃんとお婆ちゃん、防空壕へ入ったかしら。いっそ寝たまま焼かれたほうがいいなんて言っていたけど。

——どうしましょう、風呂敷包みを茶の間に置いてきてしまった。写真帳も入れて持ち出すばっかりにしておいたのに。

——いまから逃げ出したって、どこが安全だかわかりやしない、逃げた先でやられたらしようがないしね》

この「女たちの声」は焼夷弾の炸裂する炎のなかで、「私」を包み込み守る堅固な身体として立ち現われる。女たちは水溜めか濠の取水口か、小さな水場の周りに五、六人うずくまり、幼い「私」の体をそのなかに取り囲む。

《――直撃を受けたら、この子を中にして、もろともに死にましょう。

喉をしぼって叫ぶ女があった。もろともに、とあの耳馴れた凜々しい言葉がこんなところで、こんなふうに命剝き出しに叫ばれたことを、私は直撃に劣らず恐しく感じた》

戦火の禍々しい死の襲来と、生命を抱擁し締めつけることで滅ぼしてしまうような女たちの身体。天から直撃する火炎のなかで、この死へ誘う力と生命の原初的なエロスの情念が剝き出しになり交錯する。この恐怖による異質な空間への越境を、古井作品は様々な形態で描き続けていくが、「赤牛」の八年前に書かれた作家の初期作品「円陣を組む女たち」は、この「女たち」の災厄のなかの身体性から湧きあがる熱狂を日常のうちに映し出している。

エロスの凝集力＝「円陣を組む女たち」

「円陣を組む女たち」を貫くのは、集団となった「女たち」のエロスの力である。作品の冒頭は、公園で十人ほどの若い娘たちが奇妙な円陣を組んで息をこらしているシーンである。春先の夕暮れの風景のなか、手をつなぎ合わせ互いに地面に小さく蹲ろうとして体を揺すりあう十五、六歳の少女たち。追い詰められた草食獣の群れのようでもあり、子供の遊戯のようでもあるが、その環は不思議な吸引力を周囲に及ぼしていた。「私」はその円陣を眺めながら、こんな幻想にとらわれる。

《遠い不可解な連想が起り、私はほの赤い空に向かって静かに立つ異様な円陣の全体に、一人の裸体の女を思い浮かべた。女は暗い光の中で胸も隠さず、ただ白い腰をこころもちうしろへ引いて、暗がりの奥へ目を凝らしていた。見覚えのない姿だった。しかも奇妙なことに、それは少女どころか、もう若くはない、体の線ももう鈍く哀しげな女だった。しかもその暗がりは、その女と私だけをつつむ暗がりではなくて、彼女が目を凝らすその奥には、まだ大勢の女たちの裸体が白い獣のようにうごめいているようだった……》

この「女たち」の「白い獣」のようなうごめきは、読み進めていくと「私」が大学時代に偶然に見た、ギリシア悲劇の公演に備えてグラウンドで稽古をしている女たちの姿や、分譲アパートに移り住んだときにコンクリートで仕切られた空間のなかで、同じように繰り返される家庭の女たちの動きなどと重なりながら、次のような思いを喚起させる。

《女たちをひとりひとり切り離すのが、平和なのかもしれない。平和の中では、女たちは切り離されて自分の暮らしを真剣に、いかにも真剣にいとなんでいる。女たちが集まるのは、おそらくおぞましい混乱の到来する時なのだろう。集まった女たちの姿は何となく世の中の動揺の兆しを思わせる。そんなことはやはりないに越したことはない……》

戦乱のさなかに、また時代の大きな変革期に群れを成して行動する女たち。たとえばエウリピデスの『トロイアの女たち』の、ギリシア軍によって全滅させられたトロイアに残された女たちの運命を呪う悲しみと歎きの声は、歴史をこえて木霊する。またフランス革命で蜂起する女たち。一八三〇年のフランス七月革命を主題とした、ドラクロワの絵画『民衆を導く自由の女神』の姿などを、「私」の「遠い不可解な連想」に浮ぶ「裸体の女」から連想できるかもしれない。紀元前の宗教世界を生きる女たちや、近代の民衆革命を先導する女たちの姿と、「円陣を組む女たち」の不思議な物狂おしさと静けさをたたえる女たちとは、もちろん時代的な相違はあるが、作家が描くその「女たち」は、物質的な豊かさが広がると同時に奇妙な空虚感が漂いはじめた一九六〇年代後半の状況のなかに現れ、時間のおぼろげな渦の中を流動しながら時空を跨ぎはじめる。

「円陣を組む女たち」は、一九六九年八月に文芸雑誌『海』の創刊号に発表されたが、世相的には六〇年代からの学生運動はピークを迎え、次第にその闘争は過激化していく。フランス革命における自由・平等・博愛は過去の歴史となり、大衆社会の自由の過剰による放縦と混乱と偽善のなかで、六〇年代後半の「反体制」騒乱は展開された。しかし、この作品が表わす「女たち」は、そうした政治的熱狂も凌駕して、一九七〇年の高度成長を飾る最後のイベントとしての大阪万博から、七三年の第四次中東戦争とアラブ諸国による原油価格の引き上げなどによって起きたいわゆる「オイル・ショック」のときの狂騒、石油製品の値上げで品薄となったトイレットペーパーなどを買い占める主婦たちの奔走をむしろ予感的に思わせる。さらに、政治的熱狂が内側にこもり人間の憎悪と殺意の連鎖を巻き起こした連合赤軍事件（七二年）の、先導者としての「女」の姿などを事後的に連想させもするが、それらはひとつの時代の内にとどまらず時間を漂流しながら過去へと遡り、また未来の空間を映し出す。そして、その全体のなかに投映されるのは、焼夷弾の絨毯爆撃によって全てをひとしなみに焼き尽くす空襲と、大量生産と消費によって人も社会も物量でのみこんでいく戦後の高度経済成長が、まるで陰画と陽画のように重なり合う光景である。

「円陣を組む女たち」の翌年五月に「男たちの円居」（『新潮』）が発表されるが、この作品は嵐のために山小屋に閉じ込められた、都会から登山にやって来た中年の男たちと就職のあてもない二人の大学生が、食料がなくなっていく状況のなかで無為と焦燥とに駆られ、獣のようになっていく姿を描いている。これは、圧倒的な空襲によって無力化され敗戦で虚脱した戦後の日本の「男たち」の寓意でもあり、現代社会の機構のメカニズムのなかに組み込まれ脱出できない「男たち」の姿を彷彿させもするが、女子学生の登山パーティーがやってきてほとんど動けなくなった彼らに食料を与えるという結末は、社会的なるものが瓦解したところに露わになる「自然」の獰猛さと「女たち」のエロスの力の深い結びつきを物語っている。「円陣を組む女たち」は、このように時代の深層を影のように歩いていく「女たち」を映し出しながら、時代の危機の只中で彼女たちがどのような姿を現すか、その正体を作品の最後で明らかにする。

《その時、母の胸が私の上に大きくのしかかってきて、私の体を地面に抑えつけた。空がガラス板のように細かく顫え出し、それから罅割(ひび)れてザザザと崩れるように落ちてきた。母の手にじりじりと力が入り、私の顔を大きな膝の間へ押しつけていった。私は息苦しさのあまりその手を払いのけて顔を上げた。暖かく顫える暗闇が、生臭い喘ぎが私をつつんでいた。そしてその時、遠くから地を這って射(さ)しこんできた光の中で、私は鬼面のように額に縦皺を寄せた見も知らぬ女たちの顔と顔が、私の頭のすぐ上に円く集まっているのを見た。空一面にひろがって落ちてきた雪崩が、今ではハッきりと一塊りの存在となって、キューンと音を立てて私たち目がけて襲いかかってきた。私をつつんで、女たちの体がきゅうっと締った。その時、私の上で、血のような叫びが起った。

「直撃を受けたら、この子を中に入れて、皆一緒に死にましょう」

そして「皆一緒に……、死にましょう」と次々に声が答えて嗚咽に変わってゆき、円陣全体が私を中にしてうっとりと揺れ動きはじめた》

未だ語ることのできない小さな預言者の生命は、この「女たちの体がきゅうっと締った」円陣のなかで、その「血のような叫び」のなかで、語るべき言葉を獲得する存在へと変貌していく。古井由吉という小説家の誕生は、この女たちの身体、その柔らかで勁いエロスの囲繞と揺籃によってもたらされる。

『槿』は恋愛小説か

『槿』は古井氏の中期を代表する長篇小説である。一九八〇年十一月から雑誌『作品』に連載が始まり、同誌の休刊をはさみ翌八一年より『海燕』で連載再開、八三年六月に単行本として刊行された。四十代半ばの数年をかけての八百五十枚の古井作品では最大のものであり、谷崎潤一郎賞を受賞し世評も高いが、この小説の難解さはなお解きほぐしにくいものがある。というのは、四十歳を越えたばかりの杉尾という妻子ある中年男に偶然のように二人の女が近づいてきて、奇妙で妄想的な三角関係を結ぶこの小説は、一面では恋愛小説であり男女の情事を描いているといってよいが、それはこれまでの「恋愛」というイメージからすれば逸脱した異常なものでしかないからだ。

献血所で隣り合わせ、誘われるように関わりを持つ三十一歳の井手伊子と、杉尾の高校時代の級友の妹で、彼に少女の頃に犯されたという被害妄想に憑かれた萱島國子という四十になろうという女が、つぎつぎに幻影を追いかけるようにして中年男の身心に接近する。通常ならば、性やエロスの物語的な旋律が鳴るであろうところで、恋情とも性愛の陶酔とも呼べるはずの場面で、身体や動作は極度に緩慢に微分され、異様にゆっくりとした言葉の流れのなかで、まったく別のものへ、異化された世界が、そこに現われる。

《台所から敷居に足を摺り、ひときわ暗い居間の、衣裳の香りの中に踏みこんだところで、女の肉体につまずきそうな恐れに取り憑かれた。名を呼んではならない、声を出してもならない、と畳の上に膝を落して手をゆるく前へ伸ばすと、蒲団の端が触れてきた。（中略）

壁の隅に積まれた箱の間に、頭を膝に埋めて、信じられぬほど小さなまとまりに、うずくまりこんでいた。肩から腰まで同じ細さに巻いて、まるい尻と片方の足の裏をうしろへ残し、近寄られても動揺も見せない。手に触れると肌が芯から冷えて、しっとりと水に濡れていた。

両腕に抱えあげると、それなりの重さがまた不思議に感じられた。蒲団の中へ寝かせたときにも、されるがままに身体のかたちを変えて、反応らしいものもあらわさなかった。しばらく眺めて、一度は着のままそのわきへ添った。それから、床の中にいっこうに温もりの来ないことを怪しんで、服を脱いで素肌を寄せた。水気を帯びて吸いついてくる冷たさに思わず目をつぶると一面に、冬枯れの葦の立つ光景がひろがった。風がふっと止んで、いましがた葦の底のどこかで一点、何かが首をひょいともたげたけはいに、耳を澄ませた。近かった、と不安が刻々つのってきた。つめていた息をゆっくりと抜いて、硬くなった肱枕をつきなおそうとすると、女が大きな目をあけてこちらを見ていた。表情の影もなくて、ただまともから見つめていた。それが苦しいばかりに、乳房からやがて股間へ手を滑らせたが、目はかすみもしなかった。上へ回って膝を割り、唇にかるく触れると、かすかな息が洩れて女は目をつぶり、かわりに眉間にまた翳をためて、腰を片側へそむけながら迎えた。やはり水を浴びたらしい湿りが太腿のつけねにもあった》

誰とも知れぬ者に道で後をつけられ、男たちの狂暴さを自分が誘発しているとの思いに囚われる井手伊子をアパートに送り、彼女が部屋の明かりの電源を切った闇のなかへ、誘われて杉尾が這入っていく場面である。伊子のその「しっとりと水に濡れ」た身体は、闇中の今ここの男女の交接の空間ではなく、肌を通して「冬枯れの葦の立つ光景」を出来事のように惹起させ、横たわる彼女の背景の、その「葦の底」には水島の姿が浮かぶ。瞬時における空間の転換、視界の変幻は、『槿』と並行して連載された『山躁賦』でも展開されるが、女の身体のもっとも深い部分から浮上してくる、声の喘ぎのなかをどよめき渡る荒涼たる地の風と葉音は、この作品の奥につながる異界の光景をあきらかにする。

それは井手伊子との逢瀬の翌日に、杉尾がふいに想起する「昔の女たち」の肉体の暗さである。

《一日、身の内に残った女の肉体の暗さを、どうかして井手伊子のことは忘れて、思いつづけた。小児の頃に眺めた女たちの、下腹の疼きを溜めるように腰を引いて板床にひたと吸いつく足で動きまわる姿がさらに浮んだ。夜が更けると山間の合掌造りを思っていた。莫迦でかい藁葺屋根の下で、囲炉裏の煙を天井まで昇らせて、大家族が暮したという。訪れたのは夏の盛りの、またとびきり照りつける午後だったが、眺めるだけでも冬場の寒さが身に染みた。仏壇の立派さが目についた。間口一間の金ぴかの荘厳だった。この仏間と客間だけに粗い畳が敷かれていた。家の女が一人でじっとしていられるのは仏間しかなかった、とそんな話をきかされたことを思出した。

あるいは女にとって、家の者たちから不当な仕打ちを受けたときには、仏間にやや長くこもって音も立てず、ひたむきに仏を頼みすがりつづけるということが唯一可能の、示威行為だったのかもしれない。死者たちとじかにつながる、あの世とつながる、いまにも境を越して渡ってしまいそうな雰囲気をそこはかとなく身に漂わす。つまり生きながらにいささか幽

霊めくことこそがわずかに、男たちを畏れさせるたよりではなかったか》

この「山間の合掌造り」の「大家族」の暮しは、主人公の杉尾の日常とは何の関わりもなく、そこに「生きながらにいささか幽霊めく」女達が、今の彼とどう結びつくのかも定かではない。しかし杉尾の脳裡には突如何の脈絡もなく、「この家にはないはずの、黒光りする長い板廊下の一端が目に浮かんでいた」ことがあり、作品の冒頭の「腹をくだして朝顔の花を眺めた。十歳を越した頃だった。厠の外に咲いていたのではない」という不思議な記憶の断片とともに、この昔の原初的といってよい光景が作品世界を稲妻のように照らし出す。もちろん、杉尾はこの光景を追慕しているのではなく、初めから喪失している。しかし、それは昔の大家族のなかで、肉体の労働と抑圧に疲れた女達とは全くの別の「女」であるかのような、伊子や國子という女性の現在の時間にも、奇妙な共時性を孕む。『槿』という作品は、「杳子」で作家が試みた、恋愛小説として成立してきた近代文学の内面性の克服を、一対の男女の関係からさらに拡げて、家族や社会を巻き込む背景をもって描こうとしている。正確にいえば、家族の親和性や血縁の桎梏が崩れ去り、社会の慣習性や伝統の秩序がことごとく無化され、人間が剝き出しの「個」として晒される虚無の地平が、この作品の真の舞台なのだ。寥々たる風が吹き、男女は情愛や欲望ではなく妄想と暴力によってしかつながることができない。男の中年という「間」の時刻に、自分の過去を喪失した女達が立ち現われ、逢魔の時が流れはじめる。

《老いるのはまず心身だが、それぞれ時間そのものが老いる、とも言えはしないか、と杉尾は考えた。年月ばかりがとめどもなく過ぎて、じつは時間が前へ流れにくくなっている。往々にして逆流しかけて、やがて身のまわりにゆるやかな渦を、とぐろを巻く。十日前だとか先だとか、いや、どうかすると昨日明日の区別さえ、頭で確め確めしているだけで、ほんとうのところ、自然にまかせれば、よくは感じ取れなくなっている。腔腸動物の類いが游走期を終えて、時間の流れのゆるやかな、海の底に沈着する。生長しきると、流れはさらにゆるやかになり、わずかに、熟れた触手がゆらめいている。あれで餌だけは、獰悪なぐらい素速く胎内に取り込む、他者の時間を。

しかし喰って生きる動物の時間もまた考えてみれば空腹と満腹の、晴れ陰りみたいな循環

で、一瞬にして餌を獲る反射運動も空腹の影みたいなもので、全体としてはやはりとぐろを巻いているのではないか》

「他者の時間」を簒奪し、そのことで自己の時間を限りなく喪っていく。停滞し円環する時間。この「全体」の異形の風景こそ、一九八〇年代に入って顕在化してくる社会的現実である。当時、フランスの現代思想や哲学の翻訳から、ポスト・モダンという符牒が出てきたが、その内実を言葉で明らかにしたものは、きわめて限られていた。六〇年代の高度成長と大衆社会状況の内に蹲っていた「先導獣」は、ここにはもういない。

男と女の「愛」の既成観念——恋愛、夫婦、家族——の地平が崩れていく感覚を鋭く描出したのは、当時の作家では、大庭みな子『寂兮寥兮（かたちもなく）』（一九八二年）と富岡多恵子『波うつ土地』（八三年）であった。大庭みな子は、老子の混沌を背景に二人の男女の性を夢幻的な、「かたちもない」無為のなかへと流れ出すアモラルな時空として描き、『波うつ土地』は広大な自然の丘陵がブルドーザーで削られ、次々に団地が立ち並ぶ風景のなかに、人間の性という自然性の変容を大胆に描き出した。八〇年代の女性作家は、この時期にきわめてラジカルに近代的な人間像の決定的な変容を描いたのである。男の作家は、一九七〇年代半ばまでの戦後文学的な「政治と文学」の社会性の影響からいまだ十分に脱却しえなかったが（一九七九年『風の歌を聴け』でデビューする村上春樹が転換点となった）、「杳子」から出発した古井氏は近代小説すなわち恋愛小説から逸脱し、ひとり言葉の杣道を行き『槿』を書きあげる。この長篇小説の彷徨は、しかし以後、作家に小説の形式の転換をうながし、もうひとつの、『山躁賦』という尾根道の方向を選択させていくことになった。

第三章　黙示としての文学

「書くとは、幻惑におびやかされる孤独の断言のうちに入り込むことだ。永遠の繰返しが君臨する、時間の不在の冒険に、身を委ねることだ」
――モーリス・ブランショ『文学空間』粟津則雄　出口裕弘訳

出現する文体＝一九八〇年＝『山躁賦』

一九八二年四月、古井氏は『山躁賦』という十二篇より成る作品を刊行する。一九八〇年の五月から、隔月に八二年二月まで連載した短篇をまとめたものである。七〇年代の『櫛の火』『聖』『哀原』『夜の香り』『棲』と続く古井作品が持っていたストーリーとして小説の物語（ヒストリー）の骨格を外して、自在で闊達な、これまでにない新たな文体の相を現わすのは、ここからである。

これは、作家が主に関西方面を旅し、霊山や神社仏閣を訪れるなかで創作されている。比叡山、近江の石塔寺、信楽、伊賀上野、室生寺、聖林寺、高野山、四国讃岐の弥谷山、京都鞍馬、小塩、水無瀬、石清水、生駒、信貴、葛城、金剛、観心寺、吉野などを精力的に旅している。同書の文庫本で、作家は次のように記している。

《おしなべて古歌の里を訪ねるという趣きになるが、しかしすでに八〇年代の初めのこと、昔の風景がさながらに現われる、というわけにはとうてい行かない。いま現在の、そこで自身も暮らしているところの「殺風景」の底から、昔を気長に呼び出さなくてはならない。さいわい、若い頃の山登りからわずかに持ち越された、山と谷の地形を見る眼が、助けに入ってくれた。谷から平地の展開するありさまは、往古への道しるべにもなる。いや、それにまさる導き手はやはり、古人たちの歌だったのだろう。連歌や俳諧、謡いや語りもふくめた、歌である》（講談社文芸文庫　二〇〇六年刊）

「古歌の里」の風景は一九六〇年代、七〇年代、経済の成長と混迷のなか、すでにその場所を保持してはいない。七〇年代の日本は田中角栄の『日本列島改造論』に代表されるように、地方の急速な工業化と情報と交通網の整備のなかで国土そのものの改造をもたらし、七三年と七九年の二度のオイルショックをくぐり抜けた日本経済は、「経済大国」としてアメリカに次いで第二位の規模の国民総生産を達成していた。それは当然のことながら経済効率による風景の画一化をもたらした。その「風景」はどのようにして描かれていったのか。

『山躁賦』は、関西に向かう新幹線の車中から書きはじめられる。高速で移動する空間は車窓の景色をかき消して、その車両は振動や騒音を感じさせない宙に浮いた人工の棺のように静まり返る。「私」が食堂車で目にするのは、和服の二重回しを着た品格のある僧侶がナイフとフォークをつかって肉を健啖に喰らう姿であり、相席になった田舎者の経営者が、商売を長くやってきたが今ほど厳しい時はない、先の見通しがまるで立たないなどと酒に酔い言い立てる光景である。高速列車のなかの通常の風景ともいえるが、食堂車の微細な振動のなかで、人々の表情が奇妙に歪み、何かの箍がゆるみ、物事の秩序が崩れはじめる。バラバラになり、収拾がつかなくなる。仏法僧が鬼面となり、経営者が見境なく非常の叫びを喚げる動物に変容する。病みあがりの「私」は、比叡や高野山などの神社仏閣をめぐる旅に出るのだが、行く先で出遭うのは、荒涼たる現世の異界ともいうべきものである。

舗装道路を歩き、観光客に金を払わせて鐘を撞かせる寺を過ぎ、新興住宅、荒れた畑、普請中の建売りがあらわれる。通常のリアリズムの小説であれば、この文字通り画一化した地方都市の、巡礼やら信仰といった気持ちを少しも起こさせぬ、均一の灰色の世界をただ描く他はないが、作家の筆はこの単調な現代化の光景を辿りつつ、ふいに転調して、表象の空間の奥からゆっくりと別の時間の相を摑み出す。

《石山寺から幻住庵に向かって舗装道路を歩いていた。（中略）道は湖岸を離れて登り、新興住宅が並び、荒れた畑のあちこちから、さらに普請中の建売りがあらわれ――人家よきほどに隔り、南薫峯よりおろし、北風海を浸して涼し、日枝の山、比良の高根より、辛崎は霞こめて……笠とりにかよふ木樵の聲、麓の小田に早苗とる哥、螢飛びかふ夕闇の空に、水鶏（くひな）の扣音（たたく）――バスの終着の、新開地の三叉路に出て、鳥居をくぐって砂利道となり、またひとかたまりの建売りがひしめいて、赤や黄の帽子の学校帰りの都会っ子たちが走り、このあたりがわれら新参の者には相応の栖（すみか）かと思う頃、ふと裏山に取りついて、三曲二百歩、これはそのとおりで、ひと汗掻いた頃に、庵の跡に出た》

「――人家よきほどに隔り」の導入で、近代の口語散文から微妙に逸脱した、韻を踏む古文調があらわれ、語り手の「私」は自身が歩き眺める空間を横切りながら、土地の深層へと、時間のなかへと彷徨いはじめる。「私」が裏山へと足を運び、「ひと汗掻いた頃」に到達した「庵の跡」は、一九八〇年代の現代の空間ではなく、すでにして失われた風土の静けさの内側である。作家は「庵の跡に出た。」の後に続けて、「私」が別乾坤へと入って行くところを、こう描く。

《まずたのむ椎、と同じものかどうか、とりあえず椎の木立もあり、周囲は常緑樹が繁ってわずかの見晴らしもないが、山陰を渡って尾根へ向かう鳥の群れの、梢から梢へかさこそと揺する音が、遠くまで耳でたどれた。静かさは、くたびれた中年男には、いささか険呑であるらしい。腰を落したら最後、どちらから来てどちらへ行くのか、方向を見失うおそれが、ないでもない。

ひたぶるに閑寂を好み、山野に跡をかくさんとにはあらず、やや病身人に倦みて、世をい

とひし人に似たり――そのかぎりでは、同じことなのだが》

作家がいうように、「私」を現代の「殺風景」の底から導き、空間の限界から誘い出すのは、小説の地の文に溶け込みながら時間を遡行し闊達に広がっていく古文のしらべである。旅路の果てに幻住庵にたどり着いた芭蕉が、庵の傍に大きな椎木を見て、そこで身心を休めんとして、「先づ頼む椎の木もあり夏木立」との句を詠んだ、その「まずたのむ椎」が突然に響き、呼びだされる。

『山躁賦』では連作の後半にて、語り手の「私」すらも消えていく。人称の喪失のなかで、この作品集は、経済の高度成長以後の均質化された国土の荒廃をただ映し出すのではなく、むしろその文明の焼け野原を歩み行く現代の巡礼者の姿をあきらかにしていくのだ。

「千人のあいだ」と題された一篇は、空海の真言密教の聖地が舞台となる。しかし霊峰たる高野山の山道には、立ち並ぶ家屋や往来する車、賑やかな通りの土産物屋や飲食店などの現代の風景しか映らない。「私」はその空間の背後にある、地形を視ようとする。

《史蹟もあろうが宝物もあろうが、変らぬのはまず地形だ。いや、地形も変ると考えなくてはならない。家屋が立ち並べば、少々の谷は紛れる。坂に車を通そうとすれば、傾斜の反りを盛り土で埋める。尾根はゆるやかに均らされる。

それでも谷は残る。聖（ひじり）たちの棲んでいた、ときにはひしめいていたという、谷々をこの目で、すぐには摑めぬとしたら、あたりの余物を消去するぐらいにして、つかのまでも甦らせなくてはならない。広さを知りたい、高さを知りたい。鉦の一打、高唱の一声が、たちまち隅々まで響き渡ったか。湯屋の賑わいは、尾根から降るように谺したか》

地形もまた空間に位置している以上は変容する。谷は底あげされ、埋め立てられ、水と風とを克服した建築物は山襞に寄り添うようには建てられず、地形はむしろ塞ぐかたちになる。昔の面影は残してはいないかと小路の枝谷を覗きこむが、いずこも殺風景だけがある。

《このあたりが往生院谷、この先が蓮華谷、いずれも念仏の聖たちで賑わった谷のはずなのに、境もまとまりもない、わずかにすぼまってもいない、ただのっぺら坊に長い寺町ではな

いかと、初めて来た知りもせぬ土地なのに、その変りようをひきつづき大まじめに歎いていた》

行く手に盛りあがる杉の杜を眺めやり、弘法大師の御廟たる奥の院を思いつつ、空ろな心と足取りのなか踵を返し闇が降りる宿坊に着く。湯に入り酒を飲み、馴れぬ寝床に小さく横になり、夜更けに旅の鞄からウィスキーの瓶を取り出してはロ呑みにあおり、また床に戻り目を覚ましかけては眠る。寝巻のまま長い廊下を抜け、いつしか枯れかけた萱が風に靡く広い谷原を行き、やがて草履も脱いで帯に挟みとめどない小走りに萱原を急いだ。穂波が刻々と白さを増していくなか、背後で鉦の音が立ち思わず立ち止まると、乞食法師がひとり萱原のなかに大胡坐をかいて目をつぶり、膝の上へいかつく鉦を構えている。そこに坐しているのは『平家物語』から現われ出た「いかめ房」こと阿闍梨祐慶。平家の巻第二の「一行阿闍梨之沙汰」に出てくる、比叡山の大衆を扇動して内裏への反乱の罪をきせられた先座主明雲の身柄を奪い返す「怒め坊」の話が、「私」の酔夢のなかに突如として闖入する。「私」はいつしか鉦の響きのなか「いかめ房」と対面しながら、自在に中空から満月に照らされる山や谷の景色を眩暈のように体感する。

《――いい加減にしろ、いかめ房。堂に籠って、首尾は悪かったか、誰もやって来なかったのか。それで鉦を叩いてまた軍勢を集める気か。亡霊の軍勢を。それもいいだろうが、しかし待ってくれ。用を済ませば俺も加わるから、もう半時、頼む。

哀願するつもりが私はつかつかと寄り、男の手から鉦を引ったくり、意外にたやすくこちらの手に入ってきたのを、勢いあまって空へ投げあげると、鉦は宙へ高くあがり、尻を面白げに振って峯から峯へ飛びまわり、中天にもどってはひとりでにかあんかあんと伸びやかに鳴るたびに、月はいよいよ光を増した。呆れて振り返ると男はいつのまにか立ちあがり、太い腕をひょいと頭の上へかざし、傷跡の見える猪首をゆらりゆらりと振り、眉をしかめてうっとりと舞っていたが、やがて鉦が杉の杜の上へ遠ざかり、宙に長い反りを打って滑りもどり、踊る手の内にすっぽりとおさまると、一変していかめしげに坐りなおし、目を半眼につぶり、静々と叩きつづけた。谷々から山の音のように、無数の男たちの、やはりゆるやかに唱和する声が、すこしずつ近づいてきた》

蒼くゆらめく草の穂に、月光に照らされる谷々に響き渡る鉦の音と、聖なのか亡霊たちなのか定かではないが「無数の男」たちの声明が交錯する。これはむろん「私」の夜半の夢の幻影であるが、連打される鉦に巻きあげられる谷々の声は、現(うつつ)に還った翌朝の「私」を、宿坊の本堂で取り巻く現代の千人構、信者の人々の祈り、南無大師の唱和へと溶けこませていく。

この驚くべき変幻する言葉は、現代の「ただのっぺら坊に長い寺町」の風景を、平家の物語や彼岸の鉦の音が召還する時空へと描き換えてしまう。小説の文体だけが、白々とした舗装道路を、瞬時にして草の波が一面に光輝く広大な萱原へと移し、現在の家並を消し去って、遥かな時の底から昔の「谷々から山の音」を、今日へとよみがえらせる。

紀行文のスタイルをとりながら、連歌や俳諧そして『平家物語』『源平盛衰記』『太平記』などの引用の織物ともなっている『山躁賦』の文体は、一九七〇年代に起ったこの国の風土の異常な荒廃の深さを、その深層においていかなる破壊が行われたのかを浮びあがらせる。目に見える表面にあっては急速な都市化による自然の破壊であるが、それはまぎれもなく人々の内面としての時間の瓦解であり喪失であった。

《ずっと戦中と戦後の連続性をどうにか感じ分けたいと考えてきたんです。戦前、戦後という分け方で断絶するのではなく、戦前にすでに準備されており、空襲の最中に露呈したものが戦後に花開いた、と表現したらおかしいでしょうか》（『人生の色気』）

「空襲」において露呈しているものとは、いうまでもなく何百何千もの米軍の爆撃機と焼夷弾による大量破壊であり、それは近代の大量生産方式による結果であった。「戦中と戦後の連続性」とは、戦後の日本人が経済成長をこの大量生産、大量消費のシステムによって実現したということである。高度成長とはしてみれば、物質的な豊かさのかつてない受容であったというより、そのことによるまさしく大量の破壊、殺戮であったのではないのか。

「静こころなく」という一篇では、叡山の僧兵の焼討による清水寺の炎上、富士川から敗走した平家による東大寺興福寺の血腥い修羅の記述と、敗戦の年に幾度も眺めた大火、「身の内の戦慄とともに、みるみる空に赤みが差しつのり叫喚の気配」とが重ね合わされているが、それに続く「花見る人々」と題された一篇の、百年二百年の古木老木から咲ききわまって散る花の気の物狂おしい描写は、まさに時空をこえた、時代がもたらす狂躁を圧倒的な言葉の密度で顕わにする。

《それでもやがて一斉に散りはじめると、風も地もたちまち白く、人の身の内も白く、四方の山に散り眠りのうちに散り、野も心もはるばると、一面にうかされて、花になっていく。飢餓悪疫の上に降りかかり、流血の上を覆い隠し、散りかう光に叫喚すら桜色に染まり、恐怖も桜色、気の狂うのものどかで、今日もよくよく閑があるのか、花をかざして謀(はか)りごとに耽ける顔があり、やがて幕の外では物の具ひっつかみ、目の色を変えて、一身の執念のごとく、手前にかかわりもない殺戮へ駆け出していく男どもの熱狂も見える。

そのまましかし、うつろわない。散りかい散りまがい、嵐になりかけて、流れが滞った。遠く近くにあがる火の手も阿鼻叫喚もそのまま凍りついた。地面から落花の光に翳もなく照らし出された下ぶくれの顔が、眉をひそめ目を剝き、悪相をあらわしたまま、眠ったように動かない。赤い目をして殺到する男どもは、目標を見失い、敵は何か義は何か、すでに殺してきたのか、これから殺すのか、それさえおぼろになり、やがてやはり睡たくなり、わずか

に恐怖を喰いしばり、はてしもなくただ駆けつづける》

人間の恐怖と殺意、血潮と叫喚の地獄のなかに、散りまどう桜の花々が降り積もる。このような時そのものを言葉によって顕現した文学空間がかつてあっただろうか。そして、花とともに時が滴り落ちるこの幻影の向うに、もうひとつの現代という時代が出現する。

《あたりに灰色の草の原がひろがり、遠くの山もとに蜃気楼に似た、団地の群れが聳えた》

『山躁賦』では、表層としての現代世界の危機がかくして時代の深層から明らかにされるのである。

口語文、百年の呼吸＝『仮往生伝試文』

昭和から平成へと時代が移るなか、一九八九年九月に古井氏の『仮往生伝試文』について筆者がインタビューする機会があった（初出「すばる」同年十一月号、本書一六〇―一八二頁）。この長篇は一九八六年「文藝」春季号から八九年の夏季号まで十三回にわたり連載されたが、季刊誌であるから三年にわたる読み切り連載となった。タイトルに「往生」という言葉が盛り込まれているように、『今昔物語』など平安後期の文学の往生話に材を取りながら、人の生き死にをめぐる話が綴られている。古典の物語や日記文学の文語体と随筆と創作が混然一体となった口語散文が巧みに織りなす作風は、現代日本文学のひとつの頂点を形成した。作家五十一歳の作品である。

インタビューのなかで古井氏は、この連作長篇が長い文語文の歴史を受けた近代日本語の百年の時を呼吸していると語った。

《ところが、たかが百年と言うけれど、すでに百年とも言える。口語も、今や成熟しつつあると考えなきゃいけない。そうでないと、私みたいな五十年配の人間は、ついでに自分まで否定してしまうことになる。

口語の中におのずと積もった文語の力もあるだろう。長らく忘れているようでも、文語的発想を口語で表わす苦労が積もっているんじゃないか。横文字の発想もいろいろ積もって、随分熟しかけている。今の口語文はわりあいフレキシブルで、粘りがある。では、故人の書いたものをまるっきりの口語文でたどったら、どの辺までいけるか――というような気持もあったんです》

古典の「往生伝」の文章を入れながら現代文がその古文に巻き付き、遠い昔の僧侶の死に際の想いが時空を超えて今日の世界へと招き寄せられる。人は自らの死を体験することはできないが故に、往生はつねに伝えること、伝聞のかたちをとり、そこで時間を孕み、反復のなかでいくつもの新たな意味を生成する。老いと死に接する狂おしい情感が、この言葉の織物（テクスチュール）によって浮き上がって来るが、古井作品のオブセッションである戦争（空襲）もまた、伝えられることの恐怖と震撼を原型としている。

たとえば最終章「また明後日ばかりまゐるべきよし」が描き出す戦争（空襲）の光景は、これまでのいかなる散文によっても表現しえなかった恐るべき情景を現出させている。

入り口は永井荷風の日記（文語文）をたどることから始まる。

《昭和二十年の東京では、梅はいつ頃咲いたか。荷風の日記を引くと、三月二十一日の記に、近隣人家の庭に梅花のひらくを見る、数日来世情全く一変せり、とある。深川江東の大空襲のあおりにより麻布市兵衛町の住まいを焼かれてから十二日目、仮に身を寄せていた代々木の辺のことになる。梅の咲くのがずいぶん遅かった。あるいは、この日になってようやく花に目のとまるほどの心地がついたのかとも思われたが、そうではないと分かった》

また、内田百閒の三月二十六日の日記に枝垂梅のことが書き留められていることなどから、大空襲の記憶と梅の花の香しさがひとつながりになり浮かび上がる。三月十日の深川江東の大空襲の夜、東京西南の郊外にいた少年の「私」の恐怖は、嗅覚のおぼろげな記憶と不確かに結びつき、ひとつの鮮烈な幻像を生み出す。

《とにかくあの年、東京では梅の咲くのが、彼岸は三月の十九日だったというから、それよりもまだおくれたようだ。まして三月十日の深川江東大空襲の夜には、私たちの住まっていた西南の郊外でも、まだちらほらともしなかった、と見なくてはならない。私の記憶が違っていたことになる。あの未明、東北の方角の空がひろく焼けて、その内から白光がくりかえし押しあげ、近くの家々の二階の軒も窓も遠い火の色に染まり、そして庭に梅の香が漂っていたような、そんな記憶が今にのこった。大風の夜だったはずなのに、その時にはあたりが静まっていたように覚えているもの、ずいぶん怪しい。しかし庭に立つ家の者の顔がほの赤く浮いて、自分の手を前に出して甲を返して見ると、それもおなじ赤さに照った。その足もとから、地面は暗くて、甘い香りがその底にひたりとついて、あまねく立ちこめていた。

家ごとに人が防空壕から出ていた。赤い空の下では十万にも及ぶ人が焼き殺された。梅の香がしていたというのは、それ以後の記憶が入りまじったのかもしれない。あり得ることだ。郊外の住人にとっては、恐怖はむしろその日から始まった》

この接近する「恐怖」のなかで、少年は小さな預言者のようになっていく。昭和二十年五月二十四日未明の山手大空襲。三月十日の一夜の死者が十万人に及ぶとされる史上最も凄惨な東京大空襲に続く、芝、麻布、渋谷、目黒、荏原、大森、主に城南の山手から郊外への広い地域での死傷者四千人といわれる空襲を、古井氏はすでに指摘したように、七歳で体験している。『半自叙伝』で書いているように、警報で起こされ、防空壕のなかで焼夷弾の迫る音に、一時間ほど耳をつんざかれていたその直後、青い閃光が壕の内へと差し込んで、庭へ這い出ると、家は炎に焼け落ちようとしていた。

「また明後日ばかりまゐるべきよし」でも、この作家の原体験が描かれる。壕のなかの闇の濃さ、土の蒼さ、夜の明るさ、近づく爆音による梁の振動。子供のあらゆる感覚が恐怖の正体を浮かび上がらせる。これは敵機の襲来という現実すらもこえた人間の根源的な怖れと慄きに結びつき、そこからやってくる。

防空壕のなかで、母親が宵の口に取って置きの米を炊いて食べさせてくれたあまりを詰めたお櫃が毛布にくるまれ、子供の膝の上でぬくもっている。直撃を受ければすべては終わるが、櫃の重さが生温かく膝になじむこの瞬間を、子供は不思議な愛おしさで感じ取る。この狭い闇のなかにいるのは母親と女学生の姉、そしてすべての感覚が研ぎ澄まされた刃のように光る小さな預言者だけである。

《そのうちに、家の者の顔がにわかにくっきりと浮き出した。家の者と言っても父親は不在で、母親と女学生の姉と、子供と三人しかいない。女たちの顔が首からいきなり闇の中に際立って、肌に蒼い発光を流したように、板蓋を仰いで、天の高みへ目を凝らした。緊張に堪えかねた面相がほのぼのと苦悶の色へゆるみかけた。子供も耳を澄ましたが、ちょうど爆音が遠ざかっていくところで、つぎの波はまだ近づかず、薄紙をはがしていくふうにひろがる静かさのほかには、何ひとつ伝わらなかった。それでも女たちは一心に、やわらいで、天から降りてくるものを待ちうけていた。こんなにも耳が聞えないのは、もう死ぬのだな、と子供は思った。背後にあたるはずの、塀の上に咲き盛る花が、うつけた聾唖の中で、ひとひらずつちらちらと震えるのが、いま一度見えた》

閉ざされた暗闇の中から、天の高みへと向けられた女たちの眼差し。そこに、子供は静謐な慰安と悲哀を感じ取る。この「女たち」は、『円陣を組む女たち』の白い獣のようにうごめく身体や、『杳子』で描かれる女主人公のつかみがたい透明な軀、また『行隠れ』で不自由な足を引きずりながら家族の傍らを通り過ぎていく姉の濃い肉体など、古井作品に次々に立ち現われる現実空間から自在に解き放たれた、女たちのエロス的身体を想起させる。そして「また明後日ばかりまゐるべきよし」では、十八年前の二月に他界した母親と前年に亡くなった姉のことが語られているが、空襲下に防空壕のなかにいる子供は、この肉親の女の生々しい身体のなかに時間をこえて居続けているのだ。

作品の最後は、大晦日から正月の三日の昼まで風邪による高熱で昏々と眠り続けた主人公が、再び巡りくる梅の季節に偶然の縁で川崎の競輪場に行き、群衆の賑わいのただなかに立つ。五十歳をこえた男はここに来たのが二度目であり、前回は厄年の時であったこと、またその日が亡母の命日であることに気付く。川崎は男が子供の頃に「恐怖の名」となった街であった。それは住んでいたところからわずか十キロであり、焼夷弾に爆弾を混ぜて撒き散らしたうえに逃げ惑う人々を戦闘機が急降下をかけて打ちまくったという伝聞が、子供心を大きく揺さぶったからである。競輪場の欲に憑かれた群衆の荒涼とした気と徒労の沈黙を共有しながら、主人公はその四十年余り前の「恐怖」を静かに湧き立たせる。

競輪場の無数の人間たちはひとつの塊となって、災厄の恐怖から身をかわすように別な異空間のなかを移動し始める。その群れは亡者のように彼岸の山道を登り、巨大なこの世のものとも知れぬ時空が、そこに広がる。

《男たちは林の中に寄り合い、下土に低く腰を垂れて、まず腹ごしらえに握り飯を取り出した。しばしは言葉もなく、ただ顔を間近から見かわして喰らうにつれてしかし、遠い赤光は紫をおびて、眺める間に紫からさらに青味がかり、なにかいかにも濃い漿液の、うわ澄みを想わせる薄明が地平に淀んだ。熱に渇いた口蓋の臭いが、風に乗って運ばれてきた。眉をひそめて近いあたりを見まわすと、いましがた麓から着いた男も、峠で待ち受けた男も、ともに藤色に染まった粗い物を身にまとい、黒いような縄を腰紐に締めて、おなじ異臭を裾からほのかに立ち昇らせながら、言わぬことではない、おなじようなことを叫んで、おなじような興奮に心をまかせれば、帰ればロやら顔やらぬぐって一時の祭り騒ぎだとひそかに高を括っていても、身体の質のほうがもっとひそかに、おのずとひと色に通じあうので、そこへ悪疫の種が落ちたら、ひとたまりもない、と一人がつぶやいた。熱狂も忿懣もひと色に熟れて、道にはすでに累々と、折り重なっているか、と一人がたずねた。道は喧噪ながらにひと気が絶えて、表も裏も、人の奔る跡から閑散としている、と一人が答えた。そうか、無事がきわまったか、と息をついてそれきり声は跡切れた。蒼ざめた地平から、今日も息災に明けていくぞう、日々にあらたまるなあ、と太い呻きがまっすぐ天に昇り、喉の奥が陰気に鳴って、はたと目を剝いたふうに落ちた。それに耳をやっていたなごりをふくんで、ところで、この谷に集まっておる者たちは、往生人か、と気のない声がまたたずねた。いやいや、あれは、すでに穢に触れたかどうか、そのあらわれを、ここで息をひそめて、かなたの沈黙におのれの沈黙を重ねて、ただ待つ連中にすぎない、と答えていた。ふいに背後へ山が迫りあがり、その懐にひろがって、花が一斉に咲いたように、白く坐りつく姿が、それぞれに小さく切られた土の棚から棚へ、無数に反復した》

これは地獄かそれとも極楽か。往生伝とは聖人たちの極楽往生を伝える文章であるが、天から降りてくるのは来迎の紫雲ではなく、油脂を包んだすべてを焼き尽くす焼夷弾であり、地上には累々と折り重なった屍がある。その屍はしかし死者の軀ではなく、死という執着に至りつくことのない亡者であり、往生という境地はついに訪れることもない。

『仮往生伝試文』では、待ち受けた往生を得たと喜んだ僧侶がその七、八日たって大木の枝に吊り下げられていたという話や、寺の厠のなかで無常を悟りそのまま出奔し、乞食僧として諸国を放浪した末に往生を遂げる話、また今日は入滅という日に寝床のなかから弟子に命じて碁盤を持ってこさせ、碁を打たんとする僧の姿なども描かれているが、作家が古典の往生伝の上に「仮」という文字を付したことは、不条理といってもよい災厄のなかで死者が死のかたちを得ることが出来ずに彷徨する姿を描き出しているからである。

この仮の往生人は戦後の七十年余の時空を往還する。古井作品に反復して描かれるのは、このさすらう亡者たちであるが、その人々の影は、戦後の経済成長期を生きてきた日本人の姿態に重なる。繰り返すまでもなく、『仮往生伝試文』が連載されたのは、バブル経済といわれた時期の只中であった。

文学の黙示録＝『楽天記』

一九九〇年、作家は『楽天記』と題した連作小説を書き始める。時代は、さしもの経済バブルが終息の気配を漂わせはじめた時期であったが、連載は『新潮』一月号からであり、執筆時は八九年の暮れ頃であるとすれば、人々はいまだ八〇年代後半の狂躁めいた景気に酔い痴れていた。日米構造協議で総額四百三十兆円の公共投資計画をアメリカから要求され、不動産バブルが飽和状態にありながら無理な内需拡大を続けたあげく、日本の株式市場が乱高下を始めるのは九〇年の十月のことである。マモンの異常な「泡立ち」の崩壊は、その後の経済不況から失われた十年、二十年ともいわれる社会的停滞と喪失をもたらすことになるが、その現実を日本人の精神にまで及ぶ出来事として看破した者は、エコノミストはもちろんのこと経済学者も社会学者も、知識人や専門家を称する人々の誰一人としていなかった。一九九〇年という年に起こったのは、実は日本経済の失速でもなければ、東西冷戦の終結（九〇年十月に東西ドイツが統一し、翌九一年ソビエト連邦が解体する）という世界史的事件でもなかった。それらの氷山のように突出し顕在化した出来事の内に潜在しているもの、その底にあって沈黙した獣のように不気味にうずくまっているものの正体。『楽天記』は、その不可視の獣の姿を、驚くべき繊細な筆致で浮びあがらせようと試みた作品である。後で述べるように、それは言葉の正確な意味で黙示録的な文学であり、日本文学史においてもちろん類例はない。ロベルト・ムージルの言葉でいえば、それは「可能性感覚」

と呼ぶものである。古井由吉は、この「感覚」について次のようにいう。

《可能性感覚とは、ムージルの定義するところによれば、現にあるものに対して、またこうもありうるであろうもの一切を考える能力、現にあるものを現にないものよりも重くは取らずにいる能力のことである。この定義の限りでは、奇怪ではあるがそれ自体明快な考えである。しかしこの可能性という観念が、われわれの生活感覚にとってきわめて把握しがたい》(『ロベルト・ムージル』「『かのように』の試み」)


旧約聖書に記される預言者たちは、ある意味ではこの「可能性感覚」の体現者たちである。神の言葉を預かることで、彼らは現にあるものに向かって、まさに奇怪ではあるが極めて明確なメッセージを発し続ける。

『楽天記』は、そのすべての細部も含め場面を叙述したい誘惑に駆られるが、それはできないので作品の言葉が立ち昇る瞬間をまず確認したい。

冒頭に描かれるのは、何者かが「息子」となって現われる夢である。主人公の柿原は五十を越えた家族持ちの男であるが、息子はいない。しかし長い旅から戻った柿原の前に、たっぷりとした太編みの毛糸の物を着込んだ、白髪の増えた四十の厄年にかかる一人の男の背中があった。その息子は八〇年代後半のバブル経済の崩壊を予感するかのように、十余年やった事業を先を見越して畳み、妻子とも離別し、父親の家へと帰ってきたのである。長年貯えた資産を始末して身内に迷惑をかけず、放蕩息子の帰還というには余裕を残しながら、しかし一切を失った者のように悟り澄ました不気味な笑みを浮かべる。晩秋の長い夕日が照らす二階部屋の座卓に座り込んだ息子の背中に、父親の柿原は「しかし、先々、どうするつもりだ」と語りかける。息子の返事は異常そのものである。

《「何もかも遠のいた。失せていく手ごたえに、懸命に追っつけるほどに、狂っていった。狂うことによって、追っつけていった。それでもあの頃は、窮地にあっても、人には信頼された時期だった。そこを乗っ越して、正直、草臥れはてた。病院にも通ってみた。まわりの者を得心させるために入院も繰り返したが、じつはもう狂う気力も、必要もなくなっていた。困りはてて、ある時、自分はもう死んだようなものなので、とつぶやいた。ただそう言ってみたまでのことだ。そうしたら、声が返ってきた。まわりこそ、人も世も、お前にたいして、とうに死んでいるのだ、と。これもただ、勝手にそう思ったまでのこと、死んだと言うのが不穏当なら、たがいに無効になった、とそれぐらいでいい。たがいに閑散、でもいい。とにかく、それきり静かになった。風景がすっきりと目に映ってきた。物の音も懐かしく聞える。人心地がついた」》

幻の息子の言葉は不明に充ち、以後作中には一度も出てこないのであるが、主人公の夢を横切っていくこの男は、『楽天記』の深層にあって通奏低音のように執拗にひとつの律動となる。柿原は元ドイツ文学者の物書きであり、主要な登場人物は他に、柿原の友人で私大のドイツ語教師の奈倉、柿原の話相手の関屋という青年など決して多くはない。しかし、この年齢を喪ったような影の息子は、何か不可解な告知をもたらすものとして、作品の無意識の深みに拡がっていくのだ。

この息子と入れかわるようにして、関屋青年が現れて歴史上の疫病の大流行の話になる。安政五年の「三日コロリ」は「絶脈転筋、四肢厥冷、目は直視したまま天へ吊る」と記されており、死者はおよそ三万人だったが、疫病の前兆として風邪感冒の大流行があったなどという話になる。近世の世の繁栄とみえる都市でも天変地異や疫病や飢饉が打ち続くことがあり、と語るうちに青年はこんな言葉を影のように残して立ち去る。

《「僕らはもしかすると、知らずに、死なずに、凄惨な疫病の厲気（れいき）の中をすでに潜ってきた跡、跡そのものなのではないのか、大量死の影か脱け殻みたいなものではないかと。年ごとに新らたに、知らず死なず……」》

この青年も、また人というよりは何者かの「跡そのもの」であり、存在しない「脱け殻」を死につつある者である。「知らずに、死なずに、凄惨な疫病の厲気（れいき）の中をすでに潜ってきた……」という言葉は、一九八〇年代のバブル経済の狂騒を「疫病」に重ね合わせれば、人々が熱に浮かされたように投機的衝動に走った潮流の本質を突いているのは明らかであろう。むろん作家が『楽天記』を書きはじめたときバブルはまだ弾けてはいなかったが、七〇年代以降の経済成長がすでにして贋の繁栄と豊かさであり、その内側に巨大な空洞のような虚をかかえ込み、人々はこの「疑似的な成長」に浮かれるふりをしながら死の舞踏を繰り返していたことが、この小説の背後に読み取れる。

『楽天記』はしかし、バブル経済の虚構と異常さや、その崩壊の顛末をただ予見して見せた作品ではない。作中に、奈倉が亡父の口から出た落雷のごとき衝撃を与える――「マーゴール・ミッサービーブ」という旧約聖書のヘブライ語の言葉が、深層から出現し、この「周囲至るところに恐怖あり」という意味の預言者の叫びが、エレミヤ書や中世のキリスト教神秘家のエックハルトの箴言と響き合いながら、これまで誰も見たことのない光景を創り出していくのである。

「汝の名は以後、マーゴール・ミッサービーブと呼ばれるであろう」と預言者は迫害者に向かって叫ぶ。そう弾劾された迫害者は、預言者を逆にその名で呼んで恨むようになった。実際に旧約聖書の「エレミヤ書」二十章などにこの言葉が出てくるが、エレミヤはユダヤの民のバビロン捕囚の預言をし、疫病、戦争、飢饉で生き延びて都に残った者たちが「バビロンの王の手に渡され、火で焼き払われる」(「エレミヤ書」二十一章)と語る。

唐突に、作品の底から湧きあがってきたこの「恐懼周囲」という不気味な言葉は、「楽天」

という語を、生きやすさや楽しさの意味から破滅と恐怖の色調へと変え、作品はにわかに終末的な世界の様相を呈していく。奈倉の老父が家の内を徘徊し口にした妄語はしかし戦時中、五十の歳に近い頃に「予言めいた言葉」を再三口にして、「この戦争はかならず敗れる、悲惨な結末を見る」と断言したという話や、復員軍人で満員の夜行列車の窓の外の闇に、憲兵に連行される自身の姿を幻視したことからも、永らく父親のその人生の時間の内に染み込んでいたことがわかる。『楽天記』は、こうして柿原と奈倉との間でこの預言の不可解な反撃が引き起こすいくつもの波紋を辿るかのように、各篇が連結しては切り離され、またその渦中に亡者と化した人々が、恐怖と不安を背負いながらゆっくりと過ぎていく姿態が現れる。

《街で見る顔という顔がひどい疲労をうかせていた。眺めるだけでもたちまち感染しそうな、疲労の露わさだった。ある日、よく晴れた正午過ぎに、公園のベンチにずらりと居並んだ背広姿の壮年の男性たちを眺めて、病院の待合室の情景に似ていると思ったとき、しばし目前から音声が掻き消された。もう四年も前のことになる。円高による不況の伝えられた時期だった。構造からしてほとんど絶望の域に踏み込みつつあると憂慮する声も聞かれた。長年の

疲弊が飽和して、何事かが起るのではないか、と柿原も人にささやいたことがある》

一九六八年、ドイツ文学の翻訳者であった作家の習作「先導獣の話」はすでに見たように高度成長期の群衆の影を描き出したが、その群衆は二十年の歳月を経て、もはや暴流となって行き来するのではなく、無言の死者たちと化して、その正体を隠しながら歩いていく。『楽天記』の最後の二篇は、作家自身が頸椎の損傷から困難な手術を余儀なくされて入院の身になった後に、時間を置いて書き継がれているが、その間に、現実の世の中ではバブルが弾けることで、この作品が描き出してきた亡者の光景が陰画から陽画へと転換する。現実世界の方が後から小説世界に追いつく。

《病中に何かそのような回心が私にあったわけではないのだ。ただ、いくらかでも重い病気に捕まった人間はしばしば、無限なるものに、さらけ出されるとまでは言わないが、とにかく対面させられる》(『神秘の人びと』一九九六年刊)。

エックハルトをはじめとした神秘家たちについてのエッセイの一節であるが、作家は八割がた完成した『楽天記』の最後を、この「無限なるもの」との対面を経て書き上げている。しかしその感覚は、体を固定され仰臥安静を四六時中強いられることで体験したものではなく、作品の冒頭で主人公の夢のなかの幻の息子を書いた瞬間から、この作品世界の全体を浸し覆いはじめていたものである。エックハルトは、神を求める魂はこの世の物質的なものの全てから自分を離さなければならないと説いた。創造されたものの一切を放棄し、完全に内的に離脱するまで無の世界を求めること、究極的には神の意志をも欲しない領域に到達する。世界も神もまだ存在しない、そのことにより神との合一を果たすという「離脱」の祈念である。作家は、幻の息子の身体の内にこの「離脱」を描き込みながら作品を書き続けた。古来、黙示文学とは終末論の信仰と希望によって超越的な領域から言葉を簒奪してきた文章であるが、古井由吉が「楽天」の語のなかに込めたものは、むしろ終わりなき資本（キャピタル）が貨幣を身体の頭部として自ら増殖させる世界を彷徨い歩く人間の、いや非人間と化した死につつある者たちの正体であった。『楽天記』は現代文学が試みた稀有な、まことに黙示的な作品であった。

第四章　預言者としての小説家

「私は命じられたように預言した。私が預言していると、音がした。地響きがし、骨と骨とが近づいた。私が見ていると、それらの上に筋ができ、肉が生じ、皮膚がその上を覆ったが、その中に霊はなかった」

——旧約聖書「エゼキエル書」三十七章七節・八節（聖書協会共同訳）

「死者の招喚」の物語＝『夜明けの家』

経済バブルの崩壊、冷戦体制の終焉といった一九八〇年代から九〇年代はじめにかけての現実を追認しつつ、それを時代の激変として体験させる出来事が一九九五（平成七）年に起こった。一月十七日の兵庫県南部に発生した大地震である。死者六千四百名余、負傷者四万三千名余を出す阪神・淡路大震災である。今一つは、三月二十日のオウム真理教による地下鉄サリン事件、化学兵器として使用される神経ガスサリンによる無差別殺人事件であった。

この自然災害とテロ事件は、高度成長以降の経済不況と社会的混迷をもたらした緩慢な危機を、より凝縮した崩壊の現実として明らかにした。

『楽天記』の連載の後半、一九九一年の二月に頸椎の手術を余儀なくされた古井氏は、その病後の身体からゆっくりと立ち上がるようにして『夜明けの家』の表題のもとにまとめられる連作（『群像』九六年十一月号から九八年二月号）を書き始める。作品には、作家自身の身体の苦痛と死の感覚を乗り越えるようにして、さらに九五年の震災とテロ事件の現実を反映しながら、時間を生きるというよりはひたすら消費する存在となった人間の陰惨な諸相を、時代の断層のなかに描き続ける。連載時のタイトルは『死者たちの言葉』と題されていたことからも明らかなように、この作品を貫いているのは「死」そして「死者」の存在を文学の言語空間に招き寄せる試みである。

『夜明けの家』の巻頭の作品「祈りように」は、五十代半ばで勤めていた会社に損失を与えた男が精神に異常をきたし、長期の入院のすえ病死するが、その男を看病していた妻の体験談を「私」が知人から聞くという話である。「私」はその男も妻も知らず、その妻も、語ってくれた知人もすでに死者となっている。

《三人とも死者の話に、私にとってはなった。三人と私をつなぐ生者はさしあたり一人もいない。三人目の故人とも、その後その話をしたことはなかった。私にはいよいよ遠い話、もともと遠い言葉である》

他人の死を自分が経験することはできない。しかしまた、自分が死をむかえるとき、自分は果して「死」を体験できるのか。いずれにしても、死者の言葉は「遠い」。現代において、それはますます「遠い言葉」となっている。作家は、失われていく時間をゆっくりと遡行しながら、この「遠い言葉」を手繰り寄せる。

男は病んでから四年、六十二歳で逝った。妻はその長い病いの時間を見ながら「だんだんに亡くなった」と感じたという。そして行きついた果ての「死」が、夫を苦しめていた仕事上の罪責の記憶から解放した。

《夫はせっかく記憶から解放されて亡くなったのだから、遺された者がわざわざ夫の無念をつなぎとめることはないのだ、と夫人は年々そう思って暮らした。ところが三年を過ぎた頃からときおり、もしかすると夫の時間はまだすっかり尽きてはいないのではないか、と奇妙なことを考えるようになった。往生しきれていないというような暗いことではなかった。夫はまだどこかで、歩きまわるのはもうやめて、ただ立っている。静かだった。それもとうに静まり果てたようではなくて、かすかに融けのこり消えのこり、いよいよ静まっていく。髪をゆるく撫であげるだけになった手が見えた。やがてその手も髪もなくなり、撫でる感触だけが細く続いた》

夫が「歩きまわる」とは、生前、仕事上の責任を取り退職金も返上し、自宅も売り夫婦で小さなアパートに移った頃、夜半に家を出て表を歩きまわったり、病んで入院してからも夜に人のいない廊下を行きつ戻りつしていたことを指すが、亡者となった夫を思う妻の「生」の時間がここにはある。それは夫の「死」を受け入れる時間の経過でもある。死者はこのようにして、ゆっくりと生者のもとへ招き入れられる。そのことを感じ取れたとき、妻は自分もまた静かに「死」を受け入れる準備ができる。

《――もうすぐに、すっかり尽きます。この塀が残って、あなたもわたしもいなくなります。それまでこのまま静かにしてましょう。

これは祈りのような声だったという》

この「祈り」は、死者のさまざまな懊悩が「静まっていく」時間である。それを聖なる時間といってもいい。では、そうした鎮魂の時空間を喪失した現代社会のなかでは、どうなるのか。

「不軽（ふきょう）」という作品で描かれる「祈り」は、それは大量生産と大量消費の交差する、都会の路上で「通りすがりの人間たちを拝んでいる」老人の一見怪奇な姿態となって現出するのだ。もちろん行き交う人々は、その老人の「礼拝」に何らかの苦笑なり嘲笑なりの反応も示さない。誰一人としてそれが自分に向けられているとは思わず、過ぎてから振り返ることもない。

《拝まれた名残りとしてわずかに、前よりはどんよりとした顔つきになって過ぎる》

大量（マス）の情報や物が支配するなかをうごめく生者たちは、他人の死も自分の死すらも見ようとはしない。見る暇がない。人々は生きてもいないし死んでもいない、「どんよりとした顔つき」になる他はない。

これは人間だけの光景ではない。「草原」のラストに描かれる、墓場のような「工事現場の跡」は、過剰景気に翻弄された地上げの跡であり、バブルとその崩壊の波のなかで建てられようとしては壊される無残な土地の貌をのぞかせている。それは大地としての自然の表情をすでに失なっている。

《権利者がここにひしめいて、それも年々、入れ換わるという。新しい亡者が古い亡者の骨を掘り出して、その跡の穴の中に自分が入るみたいなものだ、と言う者もある。じつは、この地所そのものがとうに死んでいるのだ。死に目なのだ。周囲（ぐるり）をぎっしりかこまれて、車の入って来る隙間もないだろう》

人も自然も、生きることも死ぬこともできないような、まさに「どんよりした顔つき」を晒している。

この虚無の闇が、日本の社会のなかに白日の現実となって拡がったのは、いつ頃からなのか。それはこの作品集が書きはじめられる一年前、すなわち一九九五（平成七）年である。「火男」という作品は、ホテルの最上階の八階のバーで長い揺れの地震を体験した話からはじまるが、それは一九九四（平成六）年の秋という設定になっている。作中の主人公の現在は、その二年後である。

《平成の六年の秋のことだ。今からわずか二年あまり前になる。わずか二年と驚かされるのは、あの時にはまだ阪神淡路の大地震も、東京の地下鉄の毒ガス事件も、起きていなかった。あの二つの異変はその直前の事どもの記憶を、もう一、二年遠い過去へ押しやる。あれは凄惨も凄惨だが、われわれのような年配の人間にとって、三十年四十年の、働いてきた歳月を徒労と感じさせかねない打撃ではなかったか、といまあの男に会ったらたずねてみたいものだ》

「あの男」とは、地震の後に駆けつけて来た警備員と思い込んでいた男のことであるが、堅固に見えていたものが軋みはじめ、揺れ出し、崩壊の予兆がやがて凄惨な現実となって現われる。戦後の日本社会が営々として築いてきたもの、それがその地盤から一挙に崩落してしまう。一九九五年、平成の七年の「あの二つの異変」は、それ自体多くの人々の理不尽な死の凄惨をもたらしたが、それは同時に、戦後半世紀も経済成長をひたすら目標にしてきた日本人が、その現実と崩落を体験した後に、深い「徒労」を感じざるをえない現実のもたらした「凄惨」である。

「百鬼」では、阪神淡路の大震災の「焼跡」と、「五十年」前の戦中・戦後の光景が交差するが、指摘したように古井文学はしばしばその作品に大空襲の災禍を描いている。作家の眼は、半世紀余り前の日本の廃墟と、世界で有数の経済大国となった末に露呈させている、平成の世の無残な廃墟を透視する。大空襲の「凄惨」は、しかし戦争の悲惨といったことからではない。それはまさに大量爆撃であるがゆえに、個々の人間の生と死の宿命が抗うことのできないような、どうしようもない無残さに逢着する他はない。では、経済成長を実現した日本人はどうか。廃墟から復興へ、これがいわれるところのこの戦後五十年、六十年余りであった。しかし、実際にはそれは大量生産と消費のくりかえしのなかで、つくっては壊しの連続の「徒労」の歳月ではなかったのか。人々はそのマス社会のなかで、生の実感を失ない、死者の言葉を静かに聴くこともできなくなっている。それは大空襲の大量殺戮（ジェノサイド）とほとんど同じ「凄惨」な光景としかいいようがないのである。

《老耄が人の自然なら、長年の死者が日々に生者となってもどるのも、老耄の自然ではないか。なぜ故人は死んでいて、自分は生きているのか、その区別が恣意のように感じられる時があっても不思議はない。殊に夜明け頃に生死の境はゆるむのだろう。寝覚めして境がゆるむのではなくて、境がゆるむので寝覚めする。故人を迎えに行かなくてはならない。招かれなくては死者も人の家には入れない》（「夜明けの家」）

作家は、幽明の境を言葉によって越え、生者の空虚を埋めるように死者を作品世界に招き入れなければならない。この作品集を嚆矢として、古井由吉は「死者の招喚」の物語をさらに書き続ける。

ここから晩年へとさらに深化する後期の古井文学がはじまる。世紀をこえて、『聖耳』『忿翁』『野川』『辻』『白暗淵』『やすらい花』『蜩の声』『鐘の渡り』『雨の裾』『ゆらぐ玉の緒』、そして生前最後の作品集となった『この道』へ。ロベルト・ムージルなどの翻訳の葛藤から生れた「黙示的な境」を表出するその言語は、『楽天記』の頂点からゆっくりと旋回して、作家自身の身辺へと下降しながら、途切れることのない〝連作〟という言葉のループを形成していく。外側の二十年という現世の時間は、作中の時間へと点描され鮮明で明晰な図を現わす。

『聖耳』からの「声」

病を得ることをそういうのは憚られるが、作家は時にある偶然にも似た必然に見舞われることで、僥倖の作品を生み出す。一九九九年一月より『群像』に連載が始まり二〇〇〇年九月に連載短篇集として刊行され、後期古井文学の起点となる『聖耳』である。

『夜明けの家』刊行（一九九八年四月）とほぼ同じに、古井氏はその後一年余りに五度にわたる眼の治療、手術のため一回目の入院を体験する。右眼の網膜円孔（網膜に微小の孔があく）とそれに伴う白内障の、そして翌年にかけて今度は左眼で同様の手術を行う。記したように『楽天記』も一九九〇年から九一年にかけての連載の最終部分が、頸椎の手術を挟んで書きあげられたが、『聖耳』は目を病んだことによって、ただ聴覚が澄むというだけではなく、視覚が抑制されることで聴覚をふくむすべての身体の感覚が研ぎ澄まされていく、その知覚状態が言語化されるのだ。

各篇ともつながりのある小説のストーリーは消されて、夢と現の交差のなかに、病室の内と外の人の声や動き、窓の下から昇る工事場の騒音、眠れぬ夜の沈黙の重い塊のような響き、二十年も前に立ち入った林の高い枝がからからと鳴く音などが、身体の内にひろがる。外界の現実は、この異常なまでに澄明になった感覚の磁場に牽引されて、作品の言葉のなかで微分され描き出される。ムージルのいう「現実感覚」にたいする「可能性感覚」というべきものが、ここで読点の間に極度に圧縮された文体によって実現された。

巻頭の「夜明けまで」は、右眼の手術の直後の夜、動作もままならずに眠られぬ時間を過ごすなか、見まわりの看護婦が去り、想念のうちに「枕もとに女人が坐っている」のを感じる。

《豊かな頬、饒かな胸だ。肌が薄紅に染まった。片膝を立てて頬杖をつき、首をこころもち傾けている。なかば降りた、切れ長の深い瞼の下から、こちらを眺めているらしい。注意を惹かれたばかりのようで、目にはただ訝りの色が点り、憫れみへふくらむか、怒りへ振れるか、どちらとも定まらない。枕もとから眺められるとは、もしや自分はいつか仰向けに返って安楽を決め込んでいるのではないか、とおそれた。しかしうつぶせをまもる意識は、身体の輪郭だけの感覚となり、眠りにも融けずにある。それにしても坐る女人の前で、腹這いに枕を胸に抱えこむとは、凄惨のようでいけない》

この「女人」は、続く二篇目の「晴れた眼」のなかで、秘仏といわれる河内長野の観心寺の如意輪観音の開帳に立ち会う場面へと拡がっていく。最初の手術の後、次の再入院までの二ヵ月ほどの間の四月に、「私」は十七年前に訪れて参拝できなかった秘仏と対面する。右眼は手術前よりも澄んだ明るさを取り戻していたが、不自由さは違和感として残る。堂内に入ると多勢の参観者がひしめいており、めざす如意輪像を人垣の肩越しにのぞきこむ。

《見えていて見えない、見えないままに熱心に見る眼だ。大きな厨子の、影を拭うように照らされた内部に、白桃色の光が肌からひろがった。泰坐する百歳に余る老猿をとっさに想ったのは、冒瀆の連想ではなかった。獣めいたものはどこにもない。ただ、人の肉体を表わしていながら、人の肉体にはとうてい類（たぐ）えられぬ存在感だった。右の膝をゆるく立て、右の掌を頬にやり、首をかすかにかしげて、いましがた物のけはいに感じたように、こちらを眺めた》

一期一会の幻の秘仏からの眼差しの到来。それを「受けて見つめ返してはならない」。静かな感覚の交差。観音の眼に憫れみの光が点った。

《酷い慈悲である。色界の豊饒の一切を一瞬の内に顕現させて、それで以って、衆生を圧し

ひしぎ、空無を悟らせる。ここにあらわれた荘厳もまた、嵐であり龍巻であり、そして空無だ、と衆生を眺める眼だ》

観音が放つ「慈悲」の光のなかに「荘厳」があり「空無」が現われる。この数行のなかにはほとんど『華厳経』の世界が内在している。そこには過去・現在・未来という時間の直線的な秩序はない。この「一瞬」のなかに過去に起った出来事が入り、未来が包含される。「一即多、多即一」「一即一切、一切即一」という縁起の理法が、宗教の教説（ブッダの教え）ではなく、「小説」というジャンルの言葉の出来事として生起する。文体は、衆生を眺める先の「観音の眼」から、改行されて、一転して「寺の作務衣に似たものを病院では着せられていた」と過去形で受け、入院中の「私」の手術の翌々日の朝の暗幕を引いた診療室で右眼に強い光線をあてられたときの眩暈へと戻り、さらに改行の後に眼前の「今」の如意輪像の現在へ、そして続けて、二十五年前の母親の臨終の瞬間がよみがえり、時を巡る驚くべき文章の流れが出現する。

《眼の緊張をゆるめて、かわりに、耳を澄ました。うつむけに寝るその息づかいが戻ってきた。こんな貧しい胸でも、うつむけに抱えこんでいれば、はてしもなく重く、分厚く、恐ろしいようになる。人は最期に、うつむけだろうとあおむけだろうと、巨大な胸に抱き取られ、圧しつけられて、息絶えることになるのか。母親は一日喘いだ末に、伸ばした右手に敷布を握りしめ、頤が震えだした。父親は一年寝たきりでいるうちに、胸郭が潰れかかり、夜明けに咳の発作がやってきた。

肉体の豊饒の限りを顕わして、これも空無だと悟らせる慈悲とは、これも衆生に成り代わった生贄の祭りのひとつではないか、と声がした。ちょうど僧侶の説教が一段落したところで、参観者たちは一斉に厨子の内を仰いだ》

最後の一行がなければ、読者は作品の「声」に誘われてどこまでも宙に舞いつづけ、現実世界へと着地できなくなる。古井文学の特色たる、生死の、夢現の、時空の境を越えていった先の、狂躁のカオスがとめどなく溢れ出す。『聖耳』の各篇はこの驟雨のような「声」の自在さのなかで展開される。

「夜明けまで」のなかの病室で一日中、窓外の工事場の騒音にさらされ、片目の状態で腹這いに本を読んで過ごしている場面がある。「耳がなかば聾されているせい」で「すぐ読み詰まる」が、その不如意から「声」が立つという。

《ところが、まれなことだが、ほんの瞬時のことだが、数行から、意味ではなく、文字でもなく、声が耳に触れる。内へ入った感覚であるが、内をのぞけば応答もなく、わずかな波も立たず、何かを聞き取ったような気もまるでしない。それでもひきつづき耳を澄ましている》

意味でも文字でもなく、「声が耳に触れる」。この「声」の探究は、俳句や連歌などの日本語の伝統詩歌の音律を、ムージルなどの超越性を孕む西洋語の翻訳作業によって、一度解体し、再び散文のなかに吸収する『山躁賦』以来のエッセイズムによって果敢に試みられてきたが、『聖耳』の精妙な句点は切れ字のような息を継ぎ、作中の人の語りはすべて純粋な「声」となる。

巻の最後に置かれた表題作「聖耳」は、入院中の老女との夢中のやり取りから、時空を隔て、京の辰巳の方角に女の泣き声を聴き、密夫と謀って夫を殺害するという凶事を暴く延喜帝こと後醍醐天皇の話へと移る。帝の耳の聡さの逸話をもって幕とするが、ここでは意味・文字から音律への登攀が頂点を究める。まぎれなく近代日本語文による現代小説の一篇であるが、『徒然草』などの古典とその文体の次元で遜色なく読みくらべ得る。小林秀雄は『無常といふ事』（昭和二十一年刊）所収の「徒然草」で、この中世のエッセイストを「空前の批評家の魂が出現した文学史上の大きな事件なのである。僕は絶後とさえ言いたい」と評したが、古井由吉の登場によって「絶後」という言葉はもちろん意味を失った。

この表題作「聖耳」の全文を引用したいが、ここでは一節を切り取ってみる。

《一里の道を渡って、聖人の耳にとにかく届いた（注・女の泣き声）、とにかく留まった。打ち棄てては置かれなかった。内に心を隠して、外に泣き悲しむ。悪事を犯した者の偽りの慟哭とは、初めに聞き分けたのだろう。しかしそれだけなら、その時刻に蔵人を召し出してすぐさま探索させるに及ばなかっただろう。翌日になって検非違使に尋ねさせれば足りる。偽りの叫びながら、聞くほどに訝しい。外に泣き悲しむ声に、内に隠した心の、凄惨の情が露われている。これも悲しみなのか、それとも、悲しみをとうに超えた心なのか。内裏を探させているうちにも、大内裏を尋ねさせているうちにも、声は遥けさを帯びて、さらに人界の外にまで訴えかける。放って置けば、京中の人間たちの眠りの底から、同じ叫びを掻き起こしかねない。人は自分で気がつかず、変らぬ眠りを貪りながら、声にならぬ叫びに感じる。街のあちこちからおのずと火の手があがるかもしれない》

京の都の「人界の外」にまで届く女の慟哭は、千年有余の歳月をこえて、病院の人々の寝覚めの昏乱（こんらん）のなかに、外を鎖す降りしきる雨の日の澱む時間へと流れ込む。平成の病者たちの叫びにならぬ苦痛の呻きと、延喜の王朝の謀りの心を放つ叫喚が、重なり合い呼び合いながら作品内にひとつの「声」となって反響する。

変容する時間＝『忿翁』

『聖耳』に引き続き、作家は翌二〇〇一年『新潮』一月号より再び連載を開始する。これはほぼ毎月の連載で、翌〇二年一月号の「忿翁（ふんのう）」で完結、三月に短篇集『忿翁』として上梓する。またこの年には『群像』六月号より「青い眼薬」の表題のもとにさらなる連作が始まる。これは〇四年五月に『野川』と改題され刊行される。連作スタイルの小説は、このように『新潮』と『群像』のふたつの文芸雑誌に交互に連載をし、それを一冊にまとめるベースを崩すことなく、およそ二十年にわたり続く。その間もエッセイの連載（『聖耳なるものを訪ねて』や詩人リルケの翻訳をふくむ『詩への小路』等）や多くの対談・座談をこなしている。驚くべき仕事量であるが、真に驚くべきなのは、短篇を連ねての一見私小説ふうの同一のスタイルを採りながら、各作品が独自の言語宇宙ともいうべき創造を果していることだ。古井作品にはひとつとして自己模倣がない。近代文学に限っても、どんな優れた小説家でもある到達した作品から次作へと移るとき、反復としての模倣があり、場合によっては停滞がある。しかし、六十歳を越えて、作家は文字通り一作ごとに言葉の転回と深化とを遂げていったのであり、それは驚異としかいいようがない。何故それが可能だったか。

しかし、ここにも古井文学の特色たる、現実世界の急速な変化と作品の言葉との関連、その深層における結びつきがある。一九七〇年以降の、つまり作家が『杳子』で出発して以降の社会は、自身で述べたように、歴史上かつてなかったような「表面は平穏で、底の方が急変してゆく社会」（『人生の色気』）であったが、その現実社会の底辺の「急変」は、世紀をまたぎ二十一世紀に入り、さらなる激流となっていった。

いうまでもなく、それは世界経済におけるグローバル化であり、情報革命によるインターネット社会の到来である。新たな技術文明の世界、しかしそれは表層の変化であり、「底の方」で起こったことは、空間と時間の関係の決定的な変容である。すなわち、インターネットによって一瞬で地球の裏側まで空間が拡張されることで、時間というものの本質が見失われる事態である。空間の圧倒的な広がりのなかで、時間にたいするわれわれの感覚が鈍くなる。それは人間の精神の衰弱、いいかえれば言葉の衰退である。SNSなどの情報空間において、今日失われつつあるのは、言葉というものが本来有している時間性である。ネット空間によって言葉のトランスミッション、伝達機能は飛躍的な広がりを達成したが、そのことは同時に、言葉の孕む「表現」の価値の側面や、言葉がその内部に有している「蓄積」、すなわち伝統や慣習という形で蓄積されているはずの価値が著しく蔑ろにされる。つまり言葉の芸術たる文学は、危機にさらされる。小説家たる古井由吉は、この現代世界の本質的危機（作品のなかでしばしば「災厄」と呼ぶ）に鋭く対峙することをやり続けた。その連作としての作品群は、したがってそれぞれ独立した主題と表現を持ちながら、変容する世界を反映することで、つねに新たな言葉の相貌を帯びることになる。

作品に現われる「私」はそこでは私小説的な作者の「私」とは似て非なる、個人の自分自身の内にあるものではなく、自己たる作家から離脱した、この世界の実相を感受する抽象的主体と化す。受信する全官能となる。この「私」たる一人称の明滅こそ、古井文学のひとつの鍵である。作家の、ひとつの短篇、ひとつの作品集のなかに突如現われては消える「私」を追いかけていけば、その文学世界の強勒な力学構造が浮かびあがるだろう。このような表現者においては、やはり驚く他はないが、いかなる自己模倣も停滞も生じようがないのだ。『聖耳』から『忿翁』へ。ここにも変容する世界＝文体が架橋されている。『聖耳』の意味から音律へと移りつつ時空の継ぎ目を超えていく言葉は、『忿翁』では一転して、時間が喪われてゆくこの現実界のなかで歳をとることができなくなった人間の、その「忿怒の老人」の凄惨さを映し出す濃密なリアリズムへと向かう。

巻頭の「八人目の老人」は、欅並木のベンチに腰かけている年寄りの姿を「私」は眺めて通り過ぎるが、この老人は繰り返される映像のように何度も現われる。何日か後に老人は「忿懣に堪えかねたふうな太い息を洩らして両足を踏んばり、ゆらゆらっと立ち上がろう」として、そのまま斜めに崩れてベンチに寝そべってしまう。

《何かの発作かともおそれたが、膝は無遠慮に伸ばして、狭いベンチの上に股をひろげ、天へ向かって罵詈雑言のありのたけを放りあげそうな、破れかぶれの、自棄の寝相となった。目はつぶっていた。わずかな間に並木の下は夜になり、葉が滴を落としはじめた。近頃、年寄りがこうして寝そべるのをよく見かけるようになったが、と私は通り過ぎた。午前中から、どうして若造りの身なりの年寄りがあちこちのベンチで、並木道の人通りもある中に顔を曝して長々と伸びている。年の痩せが来ているようでも、そうしていると太い腹が目に立つ》

このグロテスクに「寝そべる」年寄りは、居場所をなくしたような老人ばかりではなく、時の刻みを自らの心身の内に実感できなくなっている現代の人間に等しく現れる姿態である。

《年が寄れば、悪意も寄る。悔も恨も怨も、ほかの情念が衰えるにつれて、ひとりでに肥大する。年が詰まるとは、悪意の詰まることでもある》

老人小説ではない。若い人もまた経済の過剰景気とその破裂という出来事のなかで、軽躁と疲労を繰り返し、年齢をなくしたような面相を露呈させる。巻末の表題作「忿翁」は、中年の主人公が子供の頃から見る戦時中の奇妙な悪夢から、戦後二十五年で亡くなった母親、さらに十年後に亡くなった父親の記憶が交錯し、訪ねて来た青年が真昼の電車で諍いの年寄りの間に仲裁に入り、両方から殴られた話などが展開されるが、時間に向き合えなくなった者たちは枯れ野のような空間をさ迷う。その荒寥たる空間には人生を歩いて来た自分の足跡もない。

《風が出ていた。人は老齢になればそこまでの自分の足の跡に、見えていてもいなくても、それに繋がれて生きているようなもので、その跡を夜々の風がすっかり吹き消した時に寿命も尽きるとは、いつどこで聞いた話だったかと思いながら、最後の辻がひときわくっきりと

なって風に吹かれるのをもう半分眠りながら浮かべていた》

主人公のこの「眠り」のなかから、夜の白らむ頃に父親が枕もとに立ち、「戦争は終わったか」と尋ねる。「生きている間にとうに終っていたじゃないか」と答えると、「いや、俺が死んだ後からまた始まったはずだ」と断言する。困惑する息子は気づき「ああ、あれもようやく終ったよ」といまさら思い出して、「すっかり焼野原になってしまった、人は気がついていないようだけど」と答える。長篇『楽天記』の冒頭の幻の息子と父親のあの衝撃的な会話を彷彿とさせるが、ここでは生きているはずの息子が死者のようになり、死んだ父親が生々しい忿怒の形相を「晴れやかに剝い」たところ叫ぶ。「預けた刀を取りに来たのだ。(中略)人心は衰えた、疫病もひろまった、戦がまた始まるのだ」と。夢の中での会話は反転して、この世界の現実の、真実の光景を、作品のあらゆる細部がこれ以上はあり得ない内側からの緊張感で照らし出す。夢はどんな現実よりもリアリティを持ち、狂気はいかなる正気よりもその澄明さで、精確無比にこの世の有り様を映し出す。この連作が雑誌に連載中に、アメリカの同時多発テロ事件(二〇〇一年九月十一日)が起こったが、巨大な超高層ビルが崩落してゆく空間世界の衝撃よりも以前、作家はその遥かまえに、グローバル空間での時間世界の瓦解を、文学の言葉で預言している。それは真昼の並木道のベンチに崩れるように横たわる人間たちの「悔」と「恨」のまた「怨」の表情に現わになっていたものだ。

『野川』という固有名の場所

二〇〇四年に刊行された『野川』では、古井文学のモチーフたる年少時の空襲体験が、戦後半世紀余の時空に呼び寄せられるようにして現出するが、それは五十年余り前に終わった「戦争」ではない。二〇〇〇年紀の現代世界の始まったばかりの「戦」であり「疫病」の表象である。『野川』ではこれまでも古井作品に揺曳してきた、死して現世に分かれる幽明境がその境をさらに外し、日常の何気ない会話や物の気配のうちに、死者の相が現れ、生者とのあいだに深い交わりをつくる。

最初は、机の上にひょいと置かれた、掌の内に納まるほどの埴輪の馬である。さる人が来年の縁起にと土地の素焼のその馬を届けてくれた。五十代半ばで大病した「私」は、その小さな馬を眺めるうちに、自分の魂がさらわれて行くような思いにとらわれる。そして六十四歳になった「私」のもとをふいに訪ねて来た旧友の突然の死が、さらなる死者たちの記憶へと導く。昭和二十年三月十日の東京大空襲。一夜の死者が十万人にも及んだ半世紀前の恐怖はまだ子供であった主人公のなかに、死の犇（ひし）めきとして刻み込まれている。その死者の群れが、今にわかに「私」を取り囲み、謐（しず）かに幽明の境へと歩みを共にする。

《誰は生きていて、誰は死んでいる、と考える根拠はつまるところ、自分は生きているということの自明さにしかない。しかしもしも、自分は生きているが死んでもいる、と自分で見えたとしたら。死者も生者も、ここまで来れば、大差はないことで、幽明を取っ違えるのも格別に粗忽ではない。（中略）

死者の圧倒的な多数を肌身に迫って感じさせられる境はあるのだろう。無数の人間の死後を、自分はまだわずかに生きている。際限もない闇の中の一点の灯ほどの存在になる。何処に照ると言うのも、揺れていると言うのも顫えもしないと言うのも、徒労か恣意である。すこしは一人にしておいてほしいよ、と故人は言い放った。ところが、生者までが迷い出て来る。粗忽を咎められて、いえ、わたしも死んでいるので、と言訳したとしたら、これは笑える。わたしは死んでいるとは、死者はけっして言わない》

『野川』所収の「森の中」という一篇であるが、文体はモノローグのような一種の単調さを示しながら、語りは精彩さを抑え魂の奥深く一本の道を降下するように連続する。野川とは、普通名詞の、野を流れる小さな川であるが、作中の「私」はこの川の土手道を歩き、半世紀前の火災地獄の江東深川に達する。この時空の歩行から、『野川』という作品集は、これまでの短篇を重ねる連作集のかたちをとりつつ、長篇小説の趣を形成する。連作という小説技法が、言葉の新たな可能態をここで創り出したといってもよい。

普遍名詞から固有の場所が生まれる。『野川』は時間が失われることで確かな空間、存在の居場所を喪った現代人に、あきらかなひとつの場所をもたらす。幽明境である。本来は人が見ることも語ることもできないこの境が、古井由吉の文学空間にさらなる場所を占める。

語り得ぬものを語ること、これは記号であり表象である以上のものの探究を言葉に賭けようとする詩人の非望である。『野川』の連載を続けながら、作家はこの時期ヨーロッパの中世を求めてかの地を巡回し、詩の雑誌「るしおる」に、イスラムの詩人からギリシア、西洋の詩人たちを巡礼し、リルケの「ドゥイノの悲歌」の翻訳を加えて評論集『詩への小路』を二〇〇五年に著わす。ドイツ文学者たる古井由吉が、言語の極北を目ざしたフランスの世紀末詩人マラルメに接近したことも注目に値する。言葉をぎりぎりまで緊縮させることで現出する表現。物を指差す普遍名詞がはびこり、伝達機能の道具と化してしまった言葉を、もう一度、名前なきものの名前への翻訳たる可能性へと立ち戻らせること。この詩人の使命を本然の小説家は共有する。『野川』の到達は、続く短篇集『辻』から始まる古井作品の新たな領分を召喚した。

『野川』刊行の直後、作家はこう記す。

《三月十日の大空襲明けの朝の荒川の土手道が、晩年の野川の土手道へどうつながるか、そして生涯の道となって続くか、著者の根気はそこに掛かることになった。前途はすくなく、後方は縹渺として、背後へ耳を澄ましながらの、いわば背中でたどる道である。途方に暮れかかる時、さまざまな声が、死者たちの声がそのつどかすかな、導(しるべ)となって聞こえる。作中、

「私」のほかに登場人物らしきものは三人ほどしかいないが、死者たちはひしめいたようだ》
（「野川をたどる」『本』二〇〇四年六月号）

言葉を書くのではなく書くことのなかに言葉が顕現し、作中に物語のある場を作者が設定するのではなく、エクリチュールによって場所が作品のなかに（野川が荒川へと成るように）現われる。戦災で生まれた家も町も焼き払われ、高度成長やバブル景気・崩壊によって破壊し尽くされた土地は、こうして時間の知覚のなかから作品の空間を形成する。作家はこうも回想する。

《ところが「野川」をすすめるうちに、場所と土地とが、こちらから求めるわけでもないのに、むこうからやって来るようになった。いつのまにか私はそこにいる。長いことそこにいたような心地になる。記憶の場所と土地ではない。あくまでも作中のものである。しかし記憶のような翳（かげ）を留めている。二〇〇四年の初めに「野川」を仕舞えた時には、もう六十代のなかばを越しかけているけれど、まだ道はあるなと思った》（『半自叙伝』）

この年、二〇〇四年『新潮』六月号からの連作『辻』は、この場所（トポス）すなわち幽明境が地上の真昼の空間に降下して来る。

非人称の空間＝『辻』

『辻』は十二の短篇より成るが、どの作品も三人称の登場人物による家族・親族の話が織り目となる。巻頭の表題作「辻」を読み始めるとしかし人称のない文章がまず来る。

《何処に住んでいるのか。誰と暮らしているのか。そして生れ育ちは——。
構えて尋ねられたくはないことだ。答え甲斐がないようにも思われる》

次に非人称のなかで「土地」が現われる。

《深夜に風が出る。一吹き山から降ろしたように始まり、長い短い間を置いて寄せる。寝床から耳を遣っていると、風につれてあたりが昔の土地へ還っていく。畑がひろがり、藪も林も風に走り、平らたく均された土地がゆるやかな起伏を取り戻す。荒涼感が極まって、長いこと避けて来たが落着くべきところに落着いたような安堵が、ないでもない。しかしかりに土地が昔へ還ったとするなら、たかだか何十年来の新参者は落着くどころか、ここにいないことになる。居を求める若い夫婦はまだここを尋ねてもいない。この土地のことも知らずにいた。あるいはまだ互いに出会ってもいない。ここで育った子供たちは、生まれていない。風が長く吹きつのり、居ながらの不在感は、なまじ居ることとの自明さよりも身に染みる。長年ここに居ついてしまったという感慨が、まだここに到り着いていないような怪しみへ、振れる》

フィルムが巻き戻されるように、失われた土地が風のなかによみがえり、父母未生以前のようなそこを名前のない「男」が歩き出す。

《風の中を、風に膨らんだ大男が行く。風の合間に、辻にさしかかる。（中略）男の影はこちらに向かって来る。呻くような息づかいの聞こえそうになるまで近づいては斜めに逸れて行く。風の合間に、繰り返し、同じ辻にかかる。

辻で道の尽きるのを願っている》

この後、行間を経て、固有名詞の人物が物語へと入って行く。朝原という名の男の、父親との長い葛藤と腹違いの兄姉たちの家族の顛末が語られるが、少年の頃から自分に向けられた父親の険悪な眼差しを受けて、朝原の悪念は境を越える。〝辻〟というトポスは、ギリシア悲劇の「オイディープス」に触発されたと作家はいっているが、デルポイからテーバイに至る辻は、誉高いオイディープス王が知らずして実父を殺し産みの母との婚姻への道を取った岐路であり、運命の風が巻き立つ道であるが、朝原には「事を為しに行く」場所としての辻は、その生涯に夢のように繰り返し現われては消える。

「風」という作品は、大杉時子という女が、六年間暮らした高浦という内縁の夫を不慮の事故で喪い、高浦の一人娘や、その兄になるはずだった死産した男子、そして実際には妊娠を回避しながらも、時子との間に高浦が夢想した幻の息子などが交錯する。五十五歳での高浦の急死は夜更けの道で通行人に言いがかりをつける若者達をたしなめたところ、彼等と争いになり手の出る前にそのまま崩れ落ちるように倒れ、病院で脳出血と診断された。打撲もなく証人もあり傷害ではなく、人に殺されるような高浦ではないと時子も納得した。しかし、高浦を殺したのは自身ではないか、あるいは自分のありもしない息子だったのではないか、と時子は茫漠たる恐怖に憑かれる。

《ある朝、いつもより早く身を引き剝がした高浦が荒い息の下から、じつは息子がやって来るのを見た、迷いながらすぐその角まで来ていた、と口走った。それが死んだ子ではなくて、まだ生まれていない子だった、時子の子だ、やはり男の子だ、生まれてもいない子が成人しているのは、それは俺がとうに、死んでいるからだ、しかし死んだ者にどうしてそれが見える、と呻くようにした。怯えるより前に時子は高浦の肩口に顔を埋めた。何でもいいから、何もかも、わたしの中へ入れてしまって、と涙をこぼして訴えていた》

未生の息子がオイディープスとして父親殺しを決行し、殺されるはずの生者たる父は、すでに死者となっている。生れざる男子はまた時子自身であり体の内奥からの殺戮者となる。生者と死者たちはこの辻で行き交い、時間を無限に遡行しまた将来からやって来て、冒頭に描き出された非人称の土地へと一人またひとりと戻りはじめる。各作品に来臨する辻は、父母子の男女のそして家族の濃やかな愛情や憎悪を映し出す光源になっていくが、それは此処にあると指呼すれば消え去る陰影であり、散文としての言葉は沈黙の深淵に架けられた虚空間となる。だが、この虚の世界の何と豊饒なことか。

「雪明り」という作品は、望月という還暦で停年になる男の亡き父親の回想から始まるが、若い頃の望月とひとつ年上の従姉の真佐子との関係が軸となる。望月は十八歳で母親を亡くし、父親は失意からか大学生の息子に下宿暮らしをさせ、自分は伯父の代になった田舎の実家へ戻りそこで厄介になる。七十歳の手前で卒中を患いその父親の世話をしてくれる真佐子は、老いが深まり徘徊をはじめた様子を日記のように記し、望月に丁寧に書き送る。望月は真佐子に誘われるように恋心からか接吻をしたことがあったが、その記憶は内に仕舞われ、老父が幽明の境を行くように散策する姿を伝える真佐子の手紙は、望月の来訪を求めつつ羞恥の拒絶をふくむ。

《まだ来てはいけない、と真佐子の声が眠りの中からも立って、夢を抑えられなくなった。真佐子は背中で誘って物蔭に入り、物蔭も抜け、細い空地に出て向き直る。望月は初めて真佐子を抱きすくめる。足もとの苔から水がじくじくと染み出る。汚れた窓の内から父親が見ている。この世に亡い者たちの不思議な振舞いを怪しむような目だった。こんなことができるのは、自分たち二人とも、もう死んでいるのではないかと疑うと、真佐子の唇が固くふくらんで冷いようになる》

就職も決まり東京から雪降り積もる伯父の家に父親を引き取りに来た望月は、医者から先が短いと告げられているので、最期までここで世話すると真佐子の口から家族の意向を聞かされる。わずか三日の滞在の間、望月は息子の認知すら定かならなくなった「父」が、亡くなった母親や五歳で死んだ彼の知らぬ姉とともに異界たる辻に立っている姿を眺めつつ、その老父に寄り添ってくれた真佐子との再会が静かな別離となることを知る。帰る前日、明日からという本格的な雪にそなえて伯父と一緒に屋根の雪おろしに精を出す望月に、敷地内の小高い畑の端に立ち彼を見上げる真佐子は、何かをしきりに遠く伝えようとする。屋根から耳を澄ましても、その声の切れ端も届かない。声にならないふくらみがちな真佐子の唇の動きは、声には出さずに語りかける言葉だった。最後のシーンは簡潔で美しい運筆である。

《翌日、望月の発つ日は予報に反して生温い雨気の風が吹いた。春先を思わせる滴の玉を小枝の節々につけて灰色の空に輝かせる枯木を見あげて真佐子は立ち停まり、昨夜は雷が鳴ったのにとつぶやき、いつか、また会えるわね、と笑って望月を行かせた。

不思議なことを言う、そう遠くはない父親の期(とき)のことを話し合っていたばかりなのに、と望月が怪しんだのはもう汽車の中だった。自分こそ不思議がらずに、はるか先の、昔のように遠い先のことと取って別れて来た、と驚いた時には日が暮れきって、窓の外をうねる雪の肌から蒼い光が射していた》

『杳子』が、自我(エゴ)と結びつく近代的な恋愛(ラブ)を描く小説空間の変容を示した画期的な作品であることはすでに述べたが、ここでは男女の対幻想だけでなく、時間は親族の共同体のなかに這入り込み、そこで幾層もの「時」が文体の内側に折り畳まれ、エディプスの「父」は生者から死につつ在る者になり桎梏を解き、血縁者の愛欲はそのふたりが亡者のように再会することで限りなく純化され昇化する。

この連作『辻』はかくして各篇に名前のある登場人物が描かれ、各々の物語を構成しているが、作中の土地や家は、生者と死者が自在に行き交うまさに「辻」としか呼びえないトポスである。それは非人称の空間である。巻末に置かれた「始まり」と題される作品は、母親の遺骨を抱えて寺に来た男と、長年暮らした父親を亡くした女が、それぞれ看取りした病院ではすれ違い、葬儀の場所で交差する一瞬を描いているが、出てくるのはもはや固有名詞を失った「男」と「女」である。しかし、父を早くに亡くし十二歳の時から女手ひとつで育てられてきた男も、やはり早くに母親に死なれ、一度は行方知れずになり母娘を捨てた父親と長く同居暮らしを送った女も、今は身寄りをなくした男と女の、その無縁の匂いを濃く立ち昇らせながら怪しく身体を引き寄せ合う。その非人称の濃厚な存在感が、作品内の二人の生活の歳月を艶やかに膨らませる。

『辻』を連載していた時期に、古井氏は古代ギリシア語の文章に触れその読書を続けながら、作品の日本語を創作していったという。ギリシア語の不定詞や分詞の構文のなかで、文章全体から見れば明確なはずの主語が拡散していく。それは日本語で主語を省くことで文章を曖昧化し、もうろうとした余韻を感じさせるというのとは反対である。作家は、古代ギリシア語の言表主体の強さは、主語が個人の主体ではなく、むしろ個人をこえた超越的な「神々」の存在から来るものであり、その人間をこえた大いなる主体こそが、運命の君臨するギリシア悲劇を実現させたのではないかと解釈してみせる。『辻』で作家が試みたのは、日本語の世界において、非人称の集合的な空間を拡張しながら、その先に何処にもない場所を圧倒的な明晰さの光景として現出させることだ。巻頭に出てくる「風に膨らんだ大男」は、続く十二篇の作品の背後に見えざるオイディープス王として常に存在し続けている。もちろんこの「王」は物語のストーリーとは無縁に、古井作品の無限的な言葉の森の彼方からやって来る。

多様体としての小説家

《難解そのものが明快ということはない。けれども、明快そのものは難解である。そういう境地を目指してきてはいる。明快そのものは難解だ。それには当然後段があるわけで、それが大勢の人間と共通なものになるか、通底するか、その問題なんですね》(『文学の淵を渡る』)

これは大江健三郎との対談での古井由吉の発言である。一九九三年『群像』一月号に「小説・死と再生」のタイトルで掲載された。大江氏は一九三七年生れで、古井氏より二歳上になるが両者が同時代の小説家として互いを深く意識していたのは、九三年のこの最初の対談から二〇一五年の『新潮』三月号の対談まで五度にわたる文芸雑誌での対話をまとめた一冊『文学の淵を渡る』(二〇一五年刊)を通読するとよくわかる。一回目の対談の翌年、一九九四年十月に大江健三郎は川端康成に続き、日本人で二人目のノーベル文学賞を受賞するが、東大仏文科に在学中に華々しく作家デビューを果し、現代文学の最前戦で活躍してきた大江氏が、尊敬をもって注意深く古井作品を読んできたのはあきらかだろう。一回目の対話でも『楽天記』にこう言及している。「明快な難解さ」といういい方は、この長篇が「聖なるもの」に関わり、「明快なある形を持った言葉があって、人間のある一瞬の命のようなものとしてやってくる。あるいは一瞬の天光のきらめきのようなもので、それは二度とあらわれないし、ほかの言葉に置きかえることはできない」との大江発言である。

一九八九年に長篇『人生の親戚』を刊行後、大江作品はキリスト教への著しい接近を見せるが、旧約聖書を底流させる『楽天記』と、「救い主」という言葉を表題に出していく（九三年に長篇『「救い主」が殴られるまで——燃えあがる緑の木』第一部を刊行）新約聖書から遡行する大江作品は、ここで微妙に交差して別々な軌道へと向う。大江作品が、その後小説の枠組を「長江古義人という小説家」とその家族を舞台とすることで「明快」と「難解」を切り離していったのに対して、『楽天記』以降の古井作品はこれまで辿ってきたように、まさに「難解」の闇が極まるなかで、白光のような「明快」そのものを顕していく。そのことを誰よりも見通し率直に語ったのも大江健三郎であった。二〇一四年の『新潮』六月号の対談「言葉の宙に迷い、カオスを渡る」のなかで大江氏は、古井氏の近刊『鐘の渡り』（二〇一四年二月刊）にふれこう語った。

《世界にはいろんな小説家がいますが、「このように一瞬実現する舞台を作り出すために書く」のは古井さんだけだという気さえします。（中略）一篇一篇すっかり違う、このいちいちの舞台を作るのはどんな苦行だったか。細部が凝縮されていて、緊張感があって、展開が難しい部分でも手の内を見せない。そして最後の一瞬、暗いなか空を見上げると白い空間があいているように、その小説そのものである舞台が示されているというのが、一作ごとの僕の読後感です》

ノーベル文学賞作家という肩書きを外しても、世界文学の水準といってよい文学の書き手たる大江健三郎のこの評言は重い。二〇〇六年から『群像』に断続的に十二回連載し、翌〇七年十二月に『白暗淵（しろわだ）』のタイトルで刊行される連作短篇集こそは、まさに「暗いなか空を見上げると白い空間があいている」瞬間を言葉が体現したミクロコスモスである。

所収の表題作「白暗淵」は、空襲で母親を失い自分は爆風に飛ばされながら奇跡的に生き残った少年が成長して、生死を別けた瞬間の微かな記憶を辿りゆく話であるが、坪谷というこの少年のなかに、もうひとつ鮮明でかつ幻のような残像がある。父親も戦地で亡くし親類の手によって育てられた坪谷が、高校の女教師の課外授業で聞いた創世記の話である。「はじめに神は天地をつくった」と女教師はいい「元始」の文字を黒板に書き「はじめ」と仮名を振った。

《地はかたちなくむなしくて、と女教師は続く箇所(くだり)を暗誦した。「定形(かたち)」と黒板に書いて「曠(むな)しく」とそれに並べた。つぎに「黒暗淵」とまず板書してから、「やみわだ」と読んだ。神の霊が水の面を覆っていたという。生徒の何人かはその創世とやらのことを聞くか読むかして知っている顔だった。初耳の坪谷は理解しようにも取っかかりがないので、とにかくその光景を思い浮かべようとしたが、どうにも浮かべられない。かたちもないのだから、見えるわけもない、と早々にあきらめた》

旧約聖書巻頭の創世記第一章。文語訳では「元始(はじめ)に神天地を創造(つく)り給へり　地は定形(かたち)なく曠空くて黒暗淵の面にあり神の靈水の面を覆ひたりき」（日本聖書協会）。今日の口語訳では「初めに神は天と地を創造された。地は混沌として、闇が深淵の面にあり、神の霊が水の面を動いていた」（聖書協会共同訳）。

「かたちもないのだから、見えるわけもない」と高校生の坪谷は自分に言い聞かせるが、彼の生涯の時間を掠めるのは、爆風に打たれる時間に垣間見る一匹の小さな羽虫であり、その生きるものの一点から放射されるひとすじの光である。黒板に「暗黒」と細い指で大書して「くらき」と仮名を振り、「光は暗黒に照る、而して暗黒は光を悟らざりき」と暗誦した女教師は、「わたしは、この光景を見たような気がするの、光がひとすじ、くっきりと射しているのに、闇はすこしも白まずに、いよいよ深い闇なの」と坪谷一人に目を合わせ語りかける。この「闇」は母親と一緒に爆殺されたほうが至福であったかも知れない少年のなかで、虚空へ揚がる羽虫を映す「白」へと変幻し、母親から女教師へとエロスが滲み「見えるわけもない」生命のかたちが朧気に現われる。「生きてるぞ」と呼びかける大人の声が聞こえ、時を飛びこえて「女教師と目を見交したまま、どんな境を踰えたのか、唇を寄せ合っていた」。やがて養父母の実家から離れ、東京の大学に入った坪谷は郷里から女教師が遠い土地で自殺したらしいとの噂を耳にし、その唇のふるえの微小な動きから「やみわだ」の言葉が響く。創世記の言葉は、ここでは戦争（空襲）という現世の生と死の境から立ち昇り、生者と死者を別けへだてるのではなく、針仕事をするその朝の母親と宙に舞った子供は合一し、闇は極まりのなかで原初の白い空間となる。

《しかしあの朝、母親の引きこもっていた部屋だけは、いくら爆撃の後の惨憺たるありさまを聞かされても、子供の内に無傷のままに留まった。母親は笑った目を手もとに落したところだった。起こったことを認めまいとしたのではない。そうではなかった。あの朝の部屋と母の横顔とがそのままそこにあるということと、その母親はもうどこにもいないということは、子供の内ではひとつだった。存在と不在がひとつになり、どこまでもひろがりそうに感じられた。大人たちの説得に奪わせまいとしたのは、この心だったのかもしれない。しかし、畑の縁から眺めた町の炎上は朝の部屋も焼き尽した》

「存在と不在がひとつになる」こと。ムージル的な現実感覚に対して可能性感覚と呼ぶべき観念が、ここでも小説の言葉に受肉されている。それは現実の支配を否定することでも、目をつぶってのそこからの逃避でもない。作家は「……町の炎上は朝の部屋も焼き尽した」との苛烈な一行を書くことを忘れない。現実がそのように眺められるときに取る異なった姿は、言葉が明晰さの極限までいき、感覚の繊細さが頂に達する地点で、まさに形となる。「やみわだ」は「しろわだ」となる。別な角度からいえば、それが「明快そのものは難解である」ことの定義である。

『白暗淵』の各篇には、空襲による焼け野原、瓦礫の街と化した戦時下の光景が横切り、殺戮や飢餓、疫病などのカオスが溢れ出すように描かれているが、その混沌は特殊な、ことさらの異常ではなく、平穏な日常のなかに静かに秩序づけられたものとして在る。廃墟から復興しビルが立ち並び、戦後の経済成長がひとしきり昇りつめ再開発によるビルの解体、新たな建設そして破壊。大きな鉄球がクレーンで高く吊り上げられ落とされ、古くなったビルのコンクリートを打ち砕く音は、戦時下の家屋の強制疎開という解体の光景に重なり、空襲警報のサイレンは消えても、危機を告げる音は、別の響きを取る恐怖となって鳴り止むことはない。

《あれは動員の音でもあった。動員はどこかで死へつながる。しかし空にサイレンの音が絶えてなくなったあとも、万事において、動員の時代は続いた。そのうちに、救急や警察や消防の車のサイレンの音からも、人の耳に徒らに恐怖を掻き立てることを憚ってか、以前のサイレンに特有だった、陰惨な唸りができるかぎり抑えられた。その頃になり、アラームと称しながら警戒音の素性を隠した電子音に、人は日常、取り囲まれて暮らすようになった。警戒音とも知らず、アラームに従って行動する。アラームに促されて、やはり動員される》（「地に伏す女」）

戦時下の災厄のなかに平穏があり、平和な日々のなかに残虐な破壊がある。いや、恐怖と陰惨、安寧と快楽は同じ地平にあって、内は外であり、外は内となる。『白暗淵』を刊行する作家は七十歳になっていたが、古井作品の「可能性感覚」はさらに研ぎ澄まされはじめる。それは視覚の記憶のうちにひそむ、聴覚と嗅覚の感受が驚くほどの密度をもって言葉で掬され作品を覆いつくしていくからである。

『白暗淵』は二〇一六年に講談社文芸文庫に収められるが、そのあとがき（「著者から読者へ」）で、古井由吉はこの十年前の作品集に横溢する幼年期の「空襲下の記憶」について、こう回想している。

《それにまたこの感受は当時の子供の一個のものであり、その記憶も現在の年寄り一個のもののはずなのに、見も知らぬ他者たちをおのずと招き寄せる。あるいは見も知らずの他者たちとなって分け散り、あちこちを往来するようだ。当初からすでに集合的な体験であったか。一夜のうちにあたり一帯を焼き払われ、所の境は失せて、時の境も紛らわしくなったところでは、人は個々人としてではなく、集合体として物を感じるよりほかになかったとすれば、積年の記憶も我ひとりの意識のことではなくなる》

近代小説は書く主体すなわち作者の個としての存在を前提としてきたが、ポストモダン論のなかでそのような作者＝主体は、書くという行為と書かれた言葉（テクスト）へと還元され、「作者の死」ということが喧伝された。しかし作家がここでいっているのは、もちろん「作者の死」ではなく、一人の小説家が自分の知覚の内だけではなく、他者が見ているもの、他者が感じているものを共時的に「感じる」地平に立つということだ。これは哲学分野では現象学の共同主観性と呼ばれるものだが、ギリシア悲劇詩人たちがポリスという共同体においてコーラスの集合体としての声々を歌としたように、また旧約聖書の預言者たちが自己の主張ではなく神の言葉を預かることで同胞に語りかけたように、小説家は「見も知らぬ他者たち」を、自らの言葉＝声の内へと招き寄せる。

招魂としての表現は、近代的な個我をこえた可能性の世界へと拡がり、そのとき古井由吉は一人の作家ではなく、またかつての子供でも今の年寄りでもない、知覚野の多様体となる。作品そのものの形態として、この「集合体」の世界を、古井氏は続く連作『やすらい花』で連歌の座という場で試みる。

座の文学＝『やすらい花』

座の文学としての俳諧は、古井作品の散文の造作にかねてより影響を与えてきたが、二〇一〇年に連作短篇集として刊行された『やすらい花』の巻頭の「やすみしほどを」（『新潮』二〇〇八年四月号）には、夥しいといってよいほどの連句（俳諧の連歌）が織り込まれている。

二〇一二年三月より『古井由吉自撰作品』全八巻（河出書房新社）が刊行されはじめるが最終巻（二〇一二年十月刊）には、『野川』『辻』全篇に加えて、『やすらい花』より「やすみしほどを」一篇が収録された。作家にとって愛着ある作品であるとともに、散文と韻文を相互に入れ込む形式は例外的なひとつの試みであったからであろう。『山躁賦』や『仮往生伝試文』には口語散文のなかに文語文や韻文が織り込まれることはあったが、ここでは語り手の散文が途中で切断され、どこからともなく連歌が突如現われ、その音律と声が作中の時間を逆巻かせて、散文のストーリーとは別の乾坤をつくり出す。

頸椎の手術を十六年ぶりに行なった、主人公の病院での不安な時間の狭間に、現在を突き破るようにして不気味な訪問者のごとき断片の言葉が貌を出す。

《ある暮れ方、異物のように頭に浮かんで、振り払ったが物を読むのをしきりに妨げるので、うるさくて、ありあわせの紙切れに書きうけた。

――長き夜のいづこに見るや朝ぼらけ》

過去のだいぶ以前に主人公が内輪の連歌の座で、新参者として求められた発句の声がよみがえる。しかし、その声は、句を詠む一人のものではない。個体の時間は入退院をくりかえすなかで消耗し衰えつつあるが、やがては生涯を尽して、静止する。そんな個の虚空に、揺らぐように連歌が他者の無数の息吹として介在してくる。病いの深まりか老いの衰弱か、しかし衰弱は快癒感を伴い、生命の下界は方向が異なるだけで上昇の感覚なのか。

《しかも日常の立居の、ちょっとした動作にも、よろけて物にぶつかるまいとして慎重になるので、節々が切り詰まって、おのずと締まる。締まった節目からは、物の見え方がやや違う。物が日常のままに「空」に見えるか、あるいは気味の悪いほどになまなましい「色」を見せるか、危っかしい境い目がある。

眉ほどく軒のけぶりに山越て

川波わけて舟のひとすぢ
誰が岸をけふの泊りとたのむらん
迎へる人の去年の面影
月白く風待つ萩に露置きて
蟲の音繁く秋わたるなり

句は続いた。堰き止められた時間が滴るのに似ていた。現在の心境からは一句ごとに懸け離れていく》

散文のなかでは滞っていた時が、季の流れのなかで揺れ、動く。空即是色、色即是空の「境い目」は、ここでは散文と韻文の行間に立ち現われ、幽明境は文字と声の交差のなかに可視化され、書き手の「私」は連歌の独吟の響きによって、複数の他者に変化する。「作者の死」などというものではなく、語る主体が連座の戦慄のなかで消え去り、その言葉の夢幻から、亡霊としてポリフォニィ（多声体）が生まれ出ずる。

《それにつけても、古人は今の人間と、精神構造からして、その空間も時間も、ひろがりが異なると思われた。われわれほどには個人ではない。内に大勢の他者を、死者生者もひとつに、住まわせている。まして歌を詠む段になれば、内から誰が、何時何処の誰が、おもむろに声を発するか知れない。さらに独吟となれば、われわれの思うところとはまさに逆で、わたくし一個は座の内の一人、捌き手どころかせいぜい記し手に過ぎず、あるいは自身が座そのものにまでなり、そこには生者よりも死者の数がまさるのではないか。今人には及びもつかぬ境地である》

『夜明けの家』以降に連綿と続く古井由吉の連作群は、記したように「死者の招喚」の物語といってよいが、『辻』から『やすらい花』へ至って、その言語空間にはまさに「生者よりも死者の数がまさる」ことになる。「やすみしほどを」には百をこえる句が散文を横断していくが、所収の続く作品からは直接には連歌は消える。しかし、作者はもはや「個人」ではなく、生者と死者を招き寄せる時空の「座」と化して、そこに縦横無尽に時が流れはじめる。

この「時」の滴りは、二篇目の「生垣の女たち」の戦前の家の焼かれた跡に仮住まいのように建てられた家の離れに住みついた若夫婦が、母屋の老人の風呂場を使わせてもらうときに、かすかに感じる「女の人の匂い」のうちに揺曳し、「涼風」という作品では「中世ペルシャの神秘家の言葉」の魂と宇宙を駆け巡る幻視的なイメージのなかに描写され、続く「瓦礫の陰に」においては、空襲で焼きはらわれて瓦礫と化した焼跡の、「空間も時間も一度に破られた世界」で、ことさらの妄(みだ)りさもなく交わった男女の死者の面相に浮かびあがる。「牛の眼」では、中世の説話集の「亡母が牛と生まれ変わって我子の家で使われていたという因果の話」が冒頭に引かれているが、前世の因果や罪業といった時の輪廻が断ち切られ、現在がただ白々と現前しているだけの日常を生きる他はない主人公は、その説話に魅き入れられる。主人公も母親を二十年前に亡くしている。説話の因果は、夢のお告げと乞食坊主の法会によって、母親を苦の世界から救うことができるが、主人公は七十歳の坂に立ち、母親と女たちの記憶の糸を手繰らなければならない。

齢とは時を重ねていくことだが、その「時」を生きるのではなく、むしろ消費してきた時代の人間たちは、自らの老いと死をどう迎え入れればよいのか。最後に置かれた表題作は、老いた父親との僅かな共有の時間が、はるかな記憶の幻聴のような川の音や渡る鳥の声のなかに生起する。謐(しず)かな自然との交感のうちに「時」が流れはじめて感銘深い。「掌中の針」は所収のなかでも白眉である。死病の床にある友人が主人公の掌に託した小さく細い針のような謎めいた物が、出会った女と一緒に暮らす家をさがす彷徨へと導く。内田百閒の『冥途』を想起させる果てしない道をゆく女と男の歩みは、いつしか街中から草の穂が風に揺れる野中の廃屋へと至る。匂いたつ艶と怪しさの気配のなかで、交わりを遂げた後の、女の死への日々の時間は雨のように滴っていく。

この作品集は、古井文学のなかでもかつてないほど死者たちが豊饒な時の流れに漂い浮かぶ。それは『やすらい花』刊行から一年後、次なる作品集『蜩の声』を連載中に起こる東日本大震災の、その災厄の予兆に満ちている。

魂をつなぐ言葉＝『ゆらぐ玉の緒』

二〇一七年二月、前々年一五年から『新潮』に隔月で八回の連載をまとめた『ゆらぐ玉の緒』が刊行された。作家はこの年、八十歳となる。二〇一三年三月十一日の東日本大震災の後、『鐘の渡り』（二〇一四年）、『雨の裾』（二〇一五年）の二冊の連作集を上梓し、日本語の尾根道を行くかのような圧倒的な密度の表現は高まりを見せていくが、大震災への直の言及は抑えこまれ、四季の移りゆきとその微妙な自然の変調を、作品の言葉が鋭く感受する。

異変への予感。非常事態、エマージェンシー（emergency）とは、ラテン語の「エ（ex, ē）（外に出る）という意味と「メルゲ（mergere）」（沈んだ）という意味の組み合わせから出来ているが、目に見えないものとして沈んでいた災厄が、突然表へと飛び出して来る。言葉はそれを捉えることができるのか。大震災の直後、仙台近郊で罹災した一九五九年生まれの作家・佐伯一麦と古井氏との朝日新聞紙上で交わされた往復書簡（『言葉の兆し』二〇一二年七月刊）のなかで、作家はこう記す。

《言葉は浮くものです。万をはるかに超える人命をたちまちに奪った大災害をとうてい担いきれるものでない。その重みをまともに抱えこんだら、言葉は深みに沈んだきり、おそらくながらく、浮かびあがっても来ない。その静まり返ったものを底に感じながら、人はもどか

しく言葉をかわして生きるよりほかにない》

日本人は恐怖心が溶融しかかっているのではないか、と作家は問う。人知を超える巨きな力を前にしたときに、人は一斉に「ふるえおののき、すくみこみ、そして逃げまどう」はずであり、それは恐怖の本来であり、恐怖はそこで畏怖の感情を呼び覚ます。しかし、おそれとおののきの喪失は、言葉の力の喪失となる。戦後七十年近い歳月は、あの戦時中の大量殺戮を、経済と物質の大量生産と消費へと裏返すことで、その危機の正体を目に見えない淵へと追いやったが、その「沈んだ」火災地獄を描き続けてきた古井作品が、今ここで、どんな現実よりも鮮明な、リアルな世界となって読む者を圧倒する。『やすらい花』の「座」の内側に蝟集してきた死者たちが、その恐怖の予兆を、預言へと変換していく。

『雨の裾』所収の一篇「春の坂道」に、敗戦も近い頃に焼尽の東京から岐阜大垣の城下町へ疎開し、そこで再び罹災する話が出てくるが、これはいうまでもなく七歳の作家自身の恐怖そのものの体験である。すでに見た『哀原』所収の「赤牛」という作品にこの体験は描かれていたが、「春の坂道」で作家はもう一度、はっきりと「預言者」という言葉を用い、その「恐怖」の本源を辿る。

《この町も近いうちにかならず焼き払われる、と子供は思っていた。その言葉は知らなかったが、殲滅戦ということは感じ取っていた。口にするのも許されないことだった。（中略）ほどなく町は城とともに焼き払われた。

あの当時にかぎり、あの環境の内にかぎり、小児ながら預言者、口を封じられ、なすすべを知らぬ預言者であった。はるか後年になり、旧約聖書の、預言の書のひとつの内から、一節が目に留まった。預言者が告げる。その日が至れば神は国に飢渇を送るであろう。しかしそれは麵麭への飢えでなく、水への乾きでもなく、神の言葉への飢渇であり、その時、人は蹌踉として海辺から海辺へ、北から東へ、神の言葉を求めてさまよおうとも、それを聞くことはないであろうと。つまり、神の怒りの日には、民はいまさら神の言葉を求めても「聾」のうちに置かれ、預言者もまたひきつづき神の言葉を叫んでも「啞」のうちに置かれ、両者相通ずる、ということになるか》

大いなる災厄が到来するときに、何が起こるのか。旧約聖書は「神の言葉への飢渇」であるという。だから、預言者エゼキエルは実際に神の言葉が記された「巻物」を食べる（「エゼキエル書」三章）。言葉の飢渇。それこそが決定的な危機であり、災いであるという地平に、作家は立たされる。

三月十一日の後に少なからぬ詩人や小説家が、震災と原発事故について書き、さまざまな発言をした。沈黙より饒舌がまさる。しかし、古井由吉が撰んだのは語ることではなく、小説を書くことでの黙示であった。バブルの狂噪のさ中から『楽天記』のなかに、深層の沈黙を鋭利な逆円錐のように描き出した作家は、戦後の「経済成長と平和」が次々に剝落していったところに露われる大震災の現実を、ここでもまた精確無比に描く。『聖なるものを訪ねて』（二〇〇五年刊）というエッセイ集で、作家はすでにこう記していた。

《聖書の「黙示」は、古代ギリシア語から近代西洋語に至るまで、隠されていたものを開く、つまり啓示を意味する言葉であるが、それが漢字の国に入り、沈黙あるいは暗喩によって示すという意味の言葉に受け止められたのは、ひとつの正解だったかと思われる。沈黙によって示される、ということのほかに、示された後に沈黙によって覆われる、という現実もあることなのではないか。深層に埋めこまれたものも、生き続ける》(「黙示」)

古井文学とは、一言でいえば「沈黙」によって「深層に埋めこまれたもの」を、これ以上はない明瞭さで開示してみせる文学である。

二〇一五年の六月二十三日、雑誌『すばる』で古井氏にロングインタビューをした(本書所収)が、作家はそこで戦争体験について語り、空襲に遭うと「それまで信じていたこと、あるいはやったことがほとんど非現実的になるんです」という。恐怖の深層にあるものこそ、この「非現実」の意識に他ならない。その直後の発言は、今もよく覚えている。

《……恐怖に一抹、自分のやってきたことが非現実的だったという意識が混じる。そうすると、さらに恐怖が膨れ上がる。本当の意味での近代化というのに追いつけるかと、日本人は自問したんじゃないか。追いつけないのに戦争を始めてしまった》

戦後七十年目、作家は明治以来、営々として日本人が追いかけてきた「近代化」が戦火の奈落で非現実と化す瞬間があった事実を指摘する。戦後の経済成長という孜々たる努力も同じである。空気を無化する劫火の「窒息死」による大量殺戮が、恐怖を通じて、「近代化」の正体を突きつける。近代の超克は、思想や言葉ではなく累々たる屍の上に啓示される。これが現実であり、古井文学の「可能性感覚」の言葉が、この「非現実の現実」の真相を明瞭化し続けてきたのである。

『ゆらぐ玉の緒』。「玉の緒」とは、魂を体につなぎとめる緒であり、非常の時が到来すれば、人間の心は定まりを失ない、揺らぎはじめる。いや、それは非常をつねに内側に抱いている日常のなかに起りうる。内なる災厄こそが、空間と時間を壊わし、過去が現前し現在は消失する。この作品集では各篇ともこの陽炎のようなゆらめきのなかで、文章の丈がすっくりと伸び立ち上がる。自然の微細な移りかわりが、花鳥風月の定型のように散文でとらえられながら、その奥底に釉薬が懸けられ、炎に炙られたような変調と亀裂が現われ出す。巻頭の「後の花」の冒頭である。

《花の散りかかる桜の樹の、その木末に白い影の差すのを、あれは何かと眺めるうちに、雲間から薄い月が掛かった。満月のようだった。月に散る花はこの世のものならで、と古人の詠んだような感慨が、老年の身だからこそありそうなものを、その夜もまた更けるにつれて冷えこんで、月も花もただ寒々しく感じられた》
《それからが天気はいよいよ清明ならず、曇りがち雨がちの日が続いて、気温もあがらず、冬のような日もはさまる。気流も乱れているようで、一日の内にも空模様が定まらない。たまに晴れた日もわずかな間に曇り、風は冷たくなり、やがて雨になる。ついさっきまで白く濁った空から初夏の陽ざしが降りていたのが、掻き曇るともなく暗くなり、雷が鳴り、季節に早い夕立かと思えばそれきり曇天のままに滞る。一日雲に低く覆われた末に、暮れ方に西の空が割れて、飛沫(しぶき)でもあげそうに沸き返る乱雲の間へ太陽が血のように紅く燃えて落ちかかるのを、今夜は慎しめと叫ばんばかりの狂い方ではないか、と沈みきるまで眺めるうちに、残照の射し返す空から、風も吹かず、大粒の雨が落ちてくる》
風と光、大気と気流、寒と暖、雲そして雨。刻々にそれこそ瞬く間に変化し、生成する白然を身体が感じ取る。春の寒気のなか、老体の全官能がこのときに想起するのは、太腿のあたりまで泥に漬かって田植えをする女の身体であり、さらに戦中の特攻機を見送る少女たちの姿である。

《すでに滑走にかかり、離陸するばかりの特攻機を、土地の少女たちが滑走路の脇に並んで、花盛りの枝を手に挙げ、見送っている写真を見たことがある。幾度も見た気がする。いまや飛び立たんとする特攻機の風防の内の操縦席からはっきりと、青年が少女たちのほうへ顔を振り向けている。写真で見るのもつらい。風防の内の心を仮にも受け止められるものではない。目をそむけそむけしてきた。しかし今となっては、操縦席から顔を向ける男の姿に、深田の泥水に取られた足を抜こうとして行く手へ向けた顔に苦悶の面相をあらわす女の姿を、一対のものとして添えるべきなのではないか。あの少女たちにしても、花の枝を振って特攻機を見送った後で、田に降りて腰を苦しめたのかもしれない》

『槿』で主人公の脳裡をよぎる「昔の女たち」の暗がりの肉体の存在感。人の魂と体が離れたのはいつの時からか。稲作文化がこの国に始まり、冷害・大水・旱魃そして疫病と恐れが伝わったのは、いつからか。村という共同体が生れ、田の稔りのために女たちの体が呈されたのは、いつからか。田に降りて、腰を苦しめながら早苗を取る。田が乏しければ、深田へも入る。いや「近代」もまた女体を供犠とした。特攻機で飛び去る男の砕ける玉の肉体ではなく、桜の小枝を必死に振り並ぶ少女たちの体のほうに、静かに作品の言葉は寄り添う。言葉は女体の息災へと誘われる。古井作品はそこでもう一度、「杳子」の身体を通しての深い感覚の世界へと回帰する。

巡り来たる災厄のなかで

本年（二〇二〇年）二月二十七日の午前、『群像』編集部からの電話で古井氏の訃報に接した。逝去は二月十八日であったという。

最後の作品集となった『この道』（二〇一九年刊）を繙きながら、梅の香り漂う頃から梅雨のおとずれ、そして翌年の盛夏から秋の影へと移りゆく季節を背景にした八篇を読んだ。『群像』二〇一七年八月号から翌一八年の十月号まで隔月の連載は休むこともなく、その筆致は自在な随筆風であり規矩定まる深い静けさを湛える。しかしその静けさの奥に鬼火のように飛び交う言葉は、巻頭の「後の花」一篇だけでも、古人の歌から論語そして古代ギリシアのオルペウス教徒の棺へ、さらに「わたしという存在」の母胎の内なる旅から、半世紀の歳を重ねる老木の桜と吉野の山へ。言葉は何を探して、何処へ行き着こうとするのか。そこに、「故地」という文字が現われる。

《……山も里も私にはない。まして故地からの呼び声があるはずもない。あるとすれば、猛火に焼き払われた瓦礫の原の、まだ煤煙の立ちこめる中から、白く明けていく空の声だろうか。私の生まれた土地の焼かれたのは梅雨と梅雨との晴れ間のような、初夏も末の未明だった。春先の声なら、三月十日の大空襲の、十万の死者の横たわる、春のあけぼのになるか》

言葉はこの「死者」の場所に立つ。そこからもうひとつの声が聞こえてくる。

二〇一一年三月十一日の東日本大震災と福島第一原発の事故。自然の災害と近代文明がつくり出した原子力という究極のエネルギーが、巨大な災厄として結びついた未曾有の出来事の直後、作家は『蜩の声』の最後の一篇「子供の行方」のなかで、次のように記したのだった。

《背後を見れば、ついさっきまで有ったはずのものがことごとく無くなっている。そればかりか、うかつに振り向けば、のがれてきたばかりのものに呑みこまれそうな恐怖に、追いつかれかねない。そして目の前には、劣らず不可解にも、日常がある。変わり果てた境遇でも、日常は日常である。目の前に、手もとに、何かがある。これすら、なんでこんなものがまだあるのか、と不思議に眺めてしまいそうになるが、手もとにあれば手に取って、甲斐があろうとなかろうと、何かを始める。すでに日常である。何にもならないと思いながらやっているうちにも、時刻は移る。近年の世間で濫用される「前向き」とはおよそ心は違うが、さしあたり先は見えなくても、前を向いて暮らすよりほかにない。しかし前方にも背後がひそんでいて、いつ陰惨な顔をこちらへのぞかせるかしれない》

日常のなかに災厄を見て取り、喧噪のなかに静謐を聞き取り、屍の上に梅の香りを嗅ぎ、火炎地獄のなかに極楽浄土の光景を幻視する。それは空間の事物を見ることではなく、われわれの生の一瞬一瞬を燃やし尽くす時間という怪物に直面し、それを描き出すことである。

本年（二〇二〇年）の三月十一日を、われわれは古井由吉の逝去の影と、その作品世界が繰り返し暗示的に描いた災厄としての「疫病」の流行のなかでむかえることになった。現代において優れた小説家は、時代と現実の背後を振り返りつつ前方を眺めやり、そこに渦巻く目に見えざる時間の正体を証しする預言者的な位置に立つことになる。古井文学はまさにその言語の創造の過程のなかで、襲いかかる災厄の閃光を絶え間なく指示し、描き尽くすのである。古井由吉は死者として旅立ったが、だから、われわれは今まさにこの預言者としての小説家の描いた世界の只中に立っているのである。

古井由吉×富岡幸一郎　対談二篇

フィクションらしくないところから嘘をついてみようか

日記への関心

富岡　『仮往生伝試文』は「文藝」に三年にわたって連載されたものです。ただ、季刊誌ですから、読み切り連載といったほうがいいかもしれない。意欲的な実験的な要素も含まれた作品だろうと思います。タイトルに「往生」という言葉が盛り込まれているように、昔の僧侶などの往生、人の生き死にをめぐるような話――これは、また後で、いろいろ古典にも触れていただきたいんですけど――からとりながら、一方では日記の形で現代の毎日の生活を挟んでいく展開になっている。その展開の仕方は、古典の説話物語を現代小説の下敷きにするのとちょっと違うし、また、芥川龍之介が『羅生門』で『今昔物語』を換骨奪胎して使ったのとも違った形ですね。

まず、この往生というテーマですが読み進めていくと、「往生」という言葉にいろいろな広がりが生まれ、単に死という問題だけではなく、生々しいものも含んで深くうねっていく。

最初に、古井さんがなぜ往生というものをテーマに据えられたのかからお話を伺いたいと思います。

古井　私は長い仕事を始めるとき、あらかじめあまり構想を練るほうじゃないんです。まるで短篇の書き出しみたいに、何かある感覚をつかんだら始めてしまう。ちょうど、長年延ばし延ばししてきた長篇の約束を果たさなくてはならなくなっていました。それで、そのころ、いろいろな往生話を読んで大変興味があるところだったので、これでいってやろうかと思って。

とにかく、「往生伝」という言葉は浮かんだが、まさかこれで行けるわけはない。それで「仮」をつけて「仮往生伝」にしたけれど、これもまた随分難しくなりそうなので、もう一つ「試文」とつけて謝ったわけです。そのとき往生話を読みあさっていましたから、昔の人のさまざまな往生、それに対する今の人間の感じ方ということもあったけれど、私も一応、年が年だから「往生」という言葉とはわりあい親しい。立ち往生したとか、往生させられたとか。日常の次元でわりと往生という感覚があって、困ったときにはいつも往生という言葉を思い浮かべているような世代なんです。ははあ、これはつなげなきゃ損だなと思った。

「往生」を極限のところで書かないで、極限のずっと手前に引っ張ってきて書いたらどうか、そう思った。てめえが死ぬとも考えていないような日常の中に引っ張り込んできたらどうだろうか。やれるかな、やれないかな――。まあ、無分別なほうですから、それぐらいの勘定があればやっちまうんです。

それが三年前のことで、僕もそれまでに二十年近く小説を書き続けてきていた。それまでは小説というと、あくまでもフィクションでなくてはいけないという考えでやってきたけれど、そのことにやや疲れを感じていた。同時にもっとフィクションのもとを探ってみたいという興味があった。それから一方に私小説を書きたいという気持ちも強くあった。私小説というのは、事実とのあわいという意味でフィクションの最たるものじゃないかという考え方があって、ここでフィクションをやったら大変おもしろいだろうと思った。ただ僕にとっては、まだ時期尚早でした。

そこで、長篇の観念小説の形をとりながら、フィクションを、何かインプログレスの形で表現できないかと考えたんです。

それで、まずエッセイに近い発想をほぐしていって、局面局面で、小説的なプログレスを見つけていくことから始めてみた。まあ、これはこれで何とかなりそうな手ごたえなのだけれど、おしまいの方にいくと何か物足りない。そこで浮かんできたのは、その物足りなさを日記の形で補っていったらどうだろうということです。日記の形をとる以上はルールとして、書いているそのときの日時に付く。もっと早い日付で書きたいことがあろうとなかろうと、おのずと締め切り前の一週間ぐらいの感想なり、感情なりを書くことになる。そのほうがなまじ構えるより時間が表われるんじゃないかというわけです。第一回目の終わりを、日記の形で締めてみた。まあ、この限りはよかったけど……あとは泥縄式で。

富岡 私小説への関心という点では、古井さんは以前、徳田秋声についてお話になっていましたね。

古井 ええ。それともう一つ、日記という形への関心ということですね。

富岡 それは『槿』を書き終わった後あたりのことですか。

古井 そうです。書いている最中から、フィクションに苦労することの欲求不満が頭をもたげていて、もうこれでフィクションを書くのはやめだって、我慢しながら書いていた。だけど、やはりまだフィクションを続けなきゃならないようなので、それならフィクションの内訳を書いたらどうだろうと思っていたんです。

富岡 『仮往生伝試文』では、最初のほうで、ある僧侶が死ぬ間際に、「囲碁を打ちたい」という話が出てきたりするので、死に関して突き詰めたものなのかと思いながら読むと、今おっしゃったような日常的な問題がじわじわと出てくる。最初は古井さんがもう年で、そういう問題をわりとシビアに書くようになったと錯覚しましたが、そうではなかったので。

古井　死の問題には、その直前まではなかなかシビアになれないものでしょう。

日本人は、永遠の相を日常の偶然な折節に感じつつ、自分もいつか死んでしまうという不安を、よく眺めてきた民族ではないかと思う。もっとも、私は現代人ですから、これもあやふやなもんでしてね。それが自分の中でどの程度、確かめられるかやってみよう。ただ自分を直に材料にしては、すぐつまずいて、時間の直線的な観念に引きさらわれてしまう。ここは無理をしないで、故人の書いたものの世話になって、それでしばらく遊んでいるうちに自分のことがつかめるんじゃないか。これは小説にならなくてもよい、なりかけでよろしいっていう料簡なわけです。

日記、あるいは現在における死後

富岡　素材としては『今昔物語』、往生話といった、平安文学のちょっと行き詰まった後に、貴族以外のところから出てきた庶民や武士を含めてできた説話の世界ですね。

古井　古代末期ともいえるし、中世初期ともいえるし、衰退期ともいえるし、勃興期ともいえる。鎌倉武士のほうに関心を持てば、この時代は勃興期としてつかめる。

だけど、僕の関心は京都の衰退期のほうにあった。衰退期というのも複雑なもので、おのずから次の勃興の気配を含んでいる。法とか儀礼とか、社会的な約束事が緩んで衰退するにつれて、人の情熱も衰えるけれど、それと表裏の関係で随分奔放に燃える面もある。その奔放な情熱が生の方向へ目指した人と、死の方向に目指した人がいたようです。死の方向を目指すといっても、これは僕のこの小説の分限、わきまえとして、しょせん生のうちのことと取る。

作品の中に書きましたけど、死ぬまで生きているという当たり前を生きるために、往生への情熱がある。往生ということを目指すことによって、図太い生き方ができる。往生話の尊げな生涯の実相をほぐしてみると、まことに惨憺たる人生のようなんですね。古代社会からこぼれかけた人間がぞろぞろ浮かぶ。そのこぼれかけた人間のうち、ある人間は世間にアピールするために強く生きようとし、ある人はとにかく強い線を描いて生きたいと思う。往生を目指すのが必然と感じる人たちがいたような気がする。

往生への志向は、死への志向なんだけど、生の強い線でもある。だんだんに生のほうを削って死に近づくにつれて、残ったわずかな生がどんどん強くなってくる。ひょっとして生が一番生々しくなったところで往生があるんじゃないのかと見えてくる。

富岡　この作品に出てくる僧の死にざま、生きざまを見ていると、一種の物狂いというか、往生にかかわって非常に鋭く生々しい場面がある。この一種の狂おしさは古井さんの初めのころからのテーマとしてあるし、『槿』にもあったと思うんですが、これが死じゃなくて、この作品でもむしろ生の狂おしさみたいなものに、だんだん傾斜していったように読めますね。

古井　説話に描かれた人物をつかまえてみると、往生話といいながら、まあ、そろいもそろってエネルギッシュな人ばかりで、それも世にはたらかせようがない類の力量なり、存在感がある。仏門に入って世俗的な権力を発揮できた人もいるけど、仏門に入ってもどうしようもない人もいる。そういう人間の生命力の物狂おしさが、過激に痴かなまでに往生を求めることによって尊くもなるかわりに生ぐさくもなる。生の過剰の往生と、どこで折り合いをつけたのか、わかりはしないけど、そういうものを繰り返して書くと、どこかで折り合いの気配が出てくるんじゃないかと思った。最後までそんな折り合いはしかとつかめませんでしたけど。

富岡　日記の部分との切れ目、あるいはそのつなぎ目は、書いていて意識されていましたか。

古井　さっき、私小説が最大のフィクションだと言いましたが、日記はもっと切り詰められた、その意味で大きなフィクションになっている。

日記を書いている現在の自分を、そんなに掌握できるわけがない。それにまた、日記にはおのずから回顧もあれば、展望もある。今月今日、今の自分で書いているけど、どこかで五年、十年も先の目で、どうかすると自分が死んだ後の目で見ていくところがある。現在における死後があるんですよ。厳密な意味で言えば、日記をきっぱり書けるのは、自分が死んだ後しかない。

では、永井荷風がなぜあれだけの日記を書き続けられたか、いろいろあるけど、一番単純な理由は文語だということですね。文語だと帳尻が合う。回顧も展望もおのずから出てくるのが文語ですよね。文語そのものが、書き手にとって、現在における死後とも言える。そんなことから、往生についての関心と、日記への関心もおのずからつながった。

ただ、私の場合の日記は、あくまでもつくりものです。感想随想のかぎり虚構でもなくて、ほかの点でもなるたけ実についているが、日記としては、つくりものである。そもそも日記をつけるタマじゃあない、と人物の問題になりますか、この辺のあんばいは説明しにくいのですが、所詮はつくりものでも、日記を書いているときの筆遣いが覚えられればと思った。今の口語文でどれぐらいその筆遣いが覚えられるか試みた、というのが、端的な事実じゃないかと思います。

富岡 古井さんは、どこかの対談で、「日本の口語散文はたかだか百年の歴史しかない」とおっしゃっていましたが、やはり口語文のある限界、弱さをどこかで感じられたのと、フィクションというものに対してある違和感を抱かれたということが、やはりつながってくるような気がするんですが……。

古井 これは偏見になりますが、フィクションを書くには、文語文でなくては話にならん、あるいは少なくとも旧仮名づかいでなくては、とそういう感じ方があるんです。日本の近代の小説だって、若いころはほとんどすべて旧仮名で読んでいますからね。ところが自分が書くとなると、もう新仮名しか使えない。まして、文語は使えない。それで、つい、「たかだか百年」というグチが出るんです。

大体、口語文というのは、私的なものと公的なものを一つに連ねて書くことができない。表現の呼吸があまりにも短い。一まとまりの長い構築を、一息に表わすことができない。自分が読んで、今まで動かされてきたのは、たいてい文語文の骨のとおった旧仮名の文でしょう。発想と表現とがきわめて不自由な関係にあるわけです。

ところが、たかが百年と言うけれど、すでに百年とも言える。口語も、今や成熟しつつあると考えなきゃいけない。そうでないと、私みたいな五十年配の人間は、ついでに自分まで否定してしまうことになる。

口語の中におのずと積もった文語の力もあるだろう。長らく忘れているようでも、文語的発想を口語で表わす苦労が積もっているんじゃないか。横文字の発想もいろいろ積もって、随分熟しかけている。

今の口語文はわりあいフレキシブルで、粘りがある。では、故人の書いたものをまるっきりの口語でたどったら、どの辺までいけるか——というような気持ちもあったんです。

フィクションの手ざわり

富岡　その点では、往生話を使ったのには、テーマとしての往生ということだけでなく、文体の問題としても意味がありますね……。

その問題とも重なるんですが、フィクションに対する違和感ということについて、もう少しお話しいただければと思うんですけど。

古井　フィクションというのは、ほんとうは個人の発明じゃないんですよね。あることをフィクションで書いて、人がそれを読んで、フィクションとして理解して、現実の体験にまた巻き戻す。これは個人の発明ではどうにもならない。小説のことだけじゃなくて、フィクションについての社会の約束事というのは、おのずからあるはずなんですよ。日常の業務で会話を交わす中にも、フィクションは随分取り混ぜている。このフィクションの関係が安定している時代と、全く安定していない時代があるんです。ほんとうにフィクションが生き生きと書けるには、ある程度そのフィクションと現実の距離が安定していなきゃいけない。今の世のフィクションというのはどんなあんばいになっているのかなと嗅ぎ分けようとすればするほど、混乱あるのみですよ。書き手が、その都度フィクションの度合を発明しなければならないほど不自由なことはない。正直なところ、この時代にフィクションをするのは損だな、という気持ちです。そこで、フィクションの手続きをイロハから始めようかと思った。それならば、一番フィクションらしくないところから嘘をついていこうか――というわけです。

富岡　古井さんは、最初のころは私小説という感じではなくて、どこかで「私」というものとつながりがあったとしても、フィクションとしての色合いを強く出されて、お書きになっていた。それが、ある時期に、今言われたような現実との距離のあやふやさみたいなものが出てきたというのは……。

古井　「文体」で連載していたでしょう。『栖』と『親』。『栖』では、フィクションの度合が自身のことに照らしてあんばいよく保たれていたけれど、『親』のあたりでは、もうフィクションということに行き詰まった。そこで、『山躁賦』で、いわゆるフィクションを捨てて書いてみたら、何かフィクションの背後に回り込んだようで、筆が生き生きした記憶があるんです。

その『山躁賦』のときの軽快な味が忘れられない。『槿』を書いたときは、一応オーソドックスなフィクションで行こうとしたけれど、もう不自由で不自由でならない。もう二度と長篇小説は書くまいと思った。だけど、やっぱり長篇は書かなきゃならないし、その意欲もある。

フィクションのことをよく反省してみると、小説のことといわず、日常会話の中といわず、フィクションというのはあくまでも言語上のことですね。ところが、僕らには、僕の年にしてすでに映像のフィクションというものが深く食い入ってきている。テレビを見ていると、例えば一つの事件が、いわば時間と場所の流れを失った一つの観念上の構築物みたいな形で報道されているのに気づく。

フィクションを進めていく上で苦しくなると、私自身も意外に映像に頼ることがあるんです。映像に頼ることをいちがいに排しはしません。ただ、やはりフィクションにこだわりがある以上、あまり映像に頼らなくてもいいような題材、やり方を選び、もうちょっと言葉の上で、フィクションの手ざわりを確かめてみようかと思う。

富岡　その映像のイメージに頼ることへの一種の拒絶感とも関係するのかも知れませんが、古井さんの今度の作品は、あえて描写を抑えているような印象を受けますが。

古井　描写といってもそこに時間が流れているかどうか、あるいは時間の流れている場所がふんだんにあるかどうかで、描写の生きた具合はまるで違います。

　戦後から昭和三十年代、四十年代、五十年代にかけて、現代の作家は、描写ということで追い込まれている。というのは、観念の現実にふさがれるからです。観念の現実というのは、必ずしも時が穏当に流れていない、必ずしもそれにふさわしい場所を持っていない。だから、描写をするとそこで流れが止まることが多い。それに比べて戦前までの作家は、描写すると時がおのずと流れて、場所が浮かぶ。しかし、今はなかなかそうはいかない。

　そこで五十の手習いじゃないけれど、むしろ、小説的じゃないところまで退いて、観念だろうと事実だろうと、あたかも日記のごとく、書き記すほうがいいのではないかというのでやってみたんです。そうしたら案外、筆が喜んでいる。筆が喜んでいる以上、おれも喜んでいるだろうと思って、勝手に八百枚ぐらいまで進めたわけです。

富岡　フィクションに対する信仰というのは最近の若い作家にも依然として強い。逆に言うと、フィクション自体を疑うということはあまりないんじゃないかという気がします。

古井　生活人としては、現実生活の中ではフィクションを非常に強く疑いますよね。ほとんど否定している。ところが、そこから振り返って表現のほうにいくとき、いささかやぶれかぶれの形で、フィクションのほうにのめり込んでいく。

富岡　フィクションはあるが、逆に描写はないという状態ですね。そういう意味では小説にとってはアンバランスな状態に思えます。

時間と空間の相即

古井　フィクションへの突っ込みと、フィクションへの疑惑がうまく嚙み合ってないんじゃないかな。突っ込むというのは、疑惑があるから突っ込むわけです。そのわきまえをつけることが、今、大事なんじゃないか。

まず、私小説のように、フィクションの量的な度合はゼロに近いけれども質的な度合はうんと増えるという、そういう局面がある。それから、安定した物語を書いていこうという局面がある。それと、もうすでに、映像観念を取り込んで、それに侵され、それに頼りながら、かつ映像観念をまぬがれた時間と場所を表わそうというときのフィクションの距離の取り方がある。あまりにも複雑で面倒なので、わりと古典的なフィクションの作り方に従っているようですね。

富岡　それはありますね。ところで、今度の作品の中で、「愁ひなきにひとしく」の中に突然、「昨今、人は死ななくなった、とだしぬけに言い放った」という一節が出てきますね。本来、例えばものを自然に食べられなくなって死ぬということがもし往生であれば、そういうふうに死ぬことがなくなってきたんじゃないか。その意味では、ジワジワと書いてくるうちに、現代人には死がないとか、いにしえの人間の死との間にある落差とか、その辺が一つのテーマとしても出てきている。

例えば『槿』では、男女のエロスという問題もありますが、むしろ、あそこに出てくる主人公に性が欠如しているんじゃないか。逆に、今回は、往生をテーマにしながら、死の欠如というか、「死ななくなった」という言葉が印象的ですね。

古井　死ぬのが恐いということに対して、今までにもごまんという人間が、大して取り乱しもせずに死んでいるではないか、というなぐさめ方がありますね。恨みを含んだ死もあるし、アッという間に死んでしまった、あきれたような死もあるだろうけど、それぞれにはおのずから、時間の経過の、あるいは歳月の経過の得心があるだろうと思うわけでしょう。ところが、どうも我々は時間の経過とか、歳月の感覚を随分奪われている。極端な話、作家の締め切りみたいに短いサイクルの繰り返しで、その中で年をとったのに年をとったような心持ちもしない。こんなに時間の経過の感覚が欠落しているということは、乱暴に言えば死なないのと同じようなもんです。

時が流れて人を死へ導く。だけど人は不死を得たい。この時間を何とか克服しなくてはならない、という強い意志が西洋には伝統的にある。だけど、よくよく考えてみれば、時間が流れて死へ導くという前提さえ、ひょっとして我々は奪われているんじゃないか。せめて、三年四年の経過感でも書き表わせたら、小説としては随分手柄じゃないかと思ったんです。

それはそれなりに、一篇の作品の中で、例えば三十枚ででも、表わすべきなんだろうけど、そういう自信はない。そこで、仮に三年間連載して、その一回ごとに、その時に限って日記の文を重ねていけば、どのみち三年の経過が出るんじゃないかという、ずるい考えに傾いたんですよ。ある程度、時間の経過を出し得たかどうかというのは、これからまた確かめなきゃならない。私個人としては十分にあらわしているはずです。三年たっているんだから。三年たって、その間に肉親も亡くしていますから。しかし、作品が終わって手入れしたときも、ゲラで手入れしたときも、よくよく考えたんだけれども、まだ自分でも判じ別けがついてない。

富岡　『明けの赤馬』に、引っ越した後の空間、場所というのが出ていました。他にも古井さんには、時間ではなくて、場所で何かを表現するような方法がある。それもある空虚な瞬間、日常がそこで割れた一瞬の空虚な亀裂を使って、時間の流れを時間的に書くのではなくて、むしろトポスというか、場所の中で置き換えて描く手法がわりと使われていますね。

古井　ほんとうは時間を書くことは、おのずと空間を書くことで、空間を書くことは、要するに時間を書くことであるはずなんです。ところが、私たちは、時間にも、空間にも飢えていながら、時間を書こうとすると、とかくそこから空間がなくなってしまう。空間を書くと、丁寧にやればやるほど、時間がなくなる。きれいな言い方をすると、永遠の相を書きとめちゃうんですよ。だけど、作品ごとに永遠の相を書きとめたり、一篇の中で何度も永遠の相を書きとめるなんて、そんなことあるもんじゃない。もうちょっと、時間と空間が相即するような書き方はないものか。そう思ったとき、やはりエッセイか、日記に近いようなもので辛抱するに如くはない、となった。

二つの時間

富岡　古井さんはドイツ文学で出発されましたが、西洋には、空間ということに関して、ある意味で強い意識がありますね。逆に日本のある種の日記とか説話は、それとは違った形で時間に関与している。

古井さんの場合、ドイツ文学から出発されて、こういう形で説話のほうに回帰というか、屈折されるのはどういうものなんでしょう。

古井　西洋のものとしては、影響を受けたのはやはりドイツ文学でしょう。何かというと死の問題が出てくる。文章においても、建築物においても、音楽においてもね。一方で死となごむということもある。そういう発想が身についていた。おまけに翻訳なんかやって、そういう精神の持ち方のスタイルを、頭の観念というよりか、筆の観念として持っている。それで、日本語の今の散文の小説を書くのに随分苦労したんです。時の流れの扱いが違うんで。

だんだんにわかってきたのは、死を克服するその仕方がちょっと違うようなんです。彼岸に永遠の生をのぞむという態度は取りながら、死および死後の世界を常に今の生の時間の中に取り込むという、日本文学が王朝時代から民衆文学のあたりまで、繊細に展開してきた方法があったはずなのです。ただし、そのご利益も、文語文のご利益が口語文から消えるときに、消えているようにも思われる。

明治以来、諸先輩たちが、さんざん口語文を書いてきた。だけど、それは文語文のご利益のもとでの口語文です。内村鑑三だって、文語文と英語のご利益のもとに書いている。ところが僕らみたいに、その遺産を食いつぶしちまって、日銭暮らしになった口語文で、どうやってそういう文章の、永遠と現在との結び目をつくれるだろうか。そんなこと、できやしないと思ってたんですけど、作家となってしばらく苦労してみると、案外自分には、このままではお話しにならないようなものだけど、その資質があるみたいだ。

富岡　確かに文語のご利益ということは非常によくわかります。それを今の現代文で、特に現在の中で書くのは難しいのかな、と思います。

古井　そうなんです。王朝文学があり、軍記物がある。それから下って連歌、俳諧、江戸時代の戯れ文、明治の漱石とか秋声まで、やっぱり文章に泣かせどころがある。永遠の相を偶然な現在に感じるという、そういう場所があるんですよ。そういう文章の働きを心得ている。それを奪われて散文を書くというのは非常にみっともない。特に情にかかわる散文を書こうとすると、ほんとうにみっともない。しかし、口語文だっていろいろやってきたんですから、そろそろできやしないかと、そう思っているわけです。

富岡　それはやはり、今おっしゃったような日本の王朝文学時代の文語になるんでしょうか……。

古井　以前はそう思っていましたが、近頃はちょっと別な考えを持っています。

あなたは随分ご研究になったと思うんですけれど、パウロの『ロマ書』などの時間の流れ方を考えてみると、人は律法の前では罪人である。で、罪は死に至る。律法に関する限り、人間は死すべきものである。ところがキリストが律法による罪を一身に担って十字架についた。そこで死が克服されて人は永遠の生を得る、そういう考え方ですね。どうしても現在から永遠に向かって流れる。

ところが、近ごろ読み返してみて、なかなか微妙なところがあるのに気づいた。つまりイエス直後の人にとって、イエスは近頃死んでいるわけです。その死によって、自分は世界に対して、いま死んでいる。世界も自分に対して死んでいる。律法も自分にとって死んでいる。自分も律法にとって死んでいる。すでに死んでいるんですよ。すでに再生しているんです。しかも同時に、キリストはふたたび現れる。そのとき初めて永遠の生に出会う。つまり、直進的な時間と、何かもうひとひねりを持った時間と、両方あるんじゃないか。

そう言えば、西洋の文章にも思い当たる節はある。認識というよりも、千枚ぐらい訳してその筆の癖で覚えたものがある。必ずしも日本古来のものばかりとは、これは言えないんです。

富岡　むしろ現在において、時間という問題を言語化するときに、そちらの方向があるのかなと自分なんかは思いますね。その方向はまだあまり試みられていない。これからです。

古井　今、ここであながちに日本の古典的なものを求めるというのは、一種の通俗ですからね。これこそ通俗ですよ。成り立たないはずのものを、成り立ったごとく表現するのは。

パラドックスの描出

富岡　今度の作品にまた戻りますが、往生の話ということで、定家の『明月記』を引きながら書かれている。定家にしても、『今昔』にしても、すでに日本の近代作家は使ってきました。芥川に谷崎、それから最近では、堀田善衞さんが『方丈記私記』で、東京大空襲の体験と鴨長明の『方丈記』の視点というのを重ねている。野間さんは『往生要集』ですね。

古井さんは、そういう先行者のものを意識しながら、少し別な解釈というか、距離をとってみようかなということでしょうか。

古井　もちろん『明月記』にしても、『新古今』にしても、大いにお世話になりました。特に説話と日記体ものはさんざんに援用させてもらった。ただ、それらのものがおもしろくて、とても興味を引かれたので、そこによって書こうとしたわけじゃない。

僕の読み方は、おもしろくないところを読むんです。あれの多くは退屈なものですよ。往生話にしても、話の類型が決まっていて反復が多い。定家の『明月記』も、その時代考証などに興味のある人にはいいでしょうけれども、普通の文学的な関心から読むならおもしろくない。しかし、人の興味に対して全く絞ることをしない、妙に気前のよい時間の表現がある。

物を書くには当然、人もおもしろいだろう、興味を持つだろうと感じて、自他の興味を絞りながら書くわけです。だんだん時代が下るにつれ、特に近代人はその絞り方が急になり、律儀になる。ところが、古代、中世あたりまではおうようなもので、人がどれぐらいおもしろがるかなんて考えていないようなところがある。往生話にしても、「私は、ただ記すだけだ。これを読んで説教する人が勝手におもしろくすればいいんだ」というぐらいの料簡でやっている。そうすると、かえって時間があらわれるんです。この人間の歳月の流れが非常におもしろい。

それで、この作品を書くうちに、今の自分の時間と、『明月記』のような時間とを、何とかして引き合わせてみたいと考えていた。すると、一番有効な方法は、ほんとうに人の日記をひねもす読んでいるような、ああいう再現ですよね。こんなことしていたら、小説としては落第でしょう。だけど、単なる引き写しではないというところに、僕自身の時間のアクセントがわずかながらあるわけです。人さまに非難されても、どうしてもやりたかった。

富岡　近代人は絞り込むと言われましたが、理屈で言えば、意味に還元するということでしょうね。

古井　インタレストということでしょうね。利益と興味ね。

富岡　芥川にもそういうところがありますね。その点、古井さんは今回の作品「去年聞きし楽の音」の高野聖の往生の話で、教懐の悪霊を祭るというところで、「仏界と魔界は、一如にして無二なることを」

とあり、その後に古井さん自身が「黒法などという言葉とあいまって、近代の心をたやすく惹きがちなので、これは取りあえず敬遠」していると書く。仏界、魔界なんて、今はやっていることなのに、こういうふうに来たときに、いったん外すという書き方ですね。

古井　むしろ意味の効用とか、インタレストがちょっとはぐらかされるような、そういうところに立ってみたい。そういうところにこそ、むしろ本物の情はあるんじゃないかと。

富岡　だいたい、近代、戦後文学の作家は、古典も仏教も、どちらかといえば「意味」のほうに絞り込んでいった。今のお話で、古井さんの考えがよくわかりました。

それから、「すゞろに笑壺に」では、時間の流れの中で出てくるゆったりした笑いのようなもの、諧謔のようなものが通底しているなというふうに読めますね。

古井　僕も、この作品を始めてしばらくたったときは、こういう自分とは異質の形をとって時間感覚を広げていけば、かえって自分が日ごろ感じているいろいろなものが寄ってくると思ったんですよ。そのときはゆったりできる、と思って構えていた。

ところが、もうこれで三度目になりますが、私が長いものを書いていると、肉親が亡くなるんです。『行隠れ』のときも『槿』のときも。今度も、死のテーマを前にむしろくつろぐぐらいの気持ちできたんだけど、六回目の「諸行有穢の響きあり」を書いている最中に、肉親がもう助からないという知らせを受けた。ほんとなら、テーマがテーマだけに、この航海はとりやめですよ。だけど、今の世のあらゆるお勤めと一緒で、先へ行くよりしようがない。無理やり舵を切んなきゃならない。

七回目の「すゞろに笑壺に」は、肉親を亡くした直後なんです。どうしようかと思っていたら、笑いのことを引っ張ってきた。

我々が拝んでいるものは、ひょっとして永遠の生でもないし、永遠の神仏でもない。ひょっとして日常の反復なんじゃないか。日常の反復を拝み、それをありがたがる。一方には、日常の反復を見て大笑いにころげる。笑いながら帰依する、そういうことはありはしないか。反復は陰気なもの、滑稽なものでしょう。しかし、生きるか死ぬかというところに追い詰められると、案外反復というものを拝んでいるんじゃないか。

富岡　まさにそういうものを書いているときに肉親を亡くされて。しかし、そういう笑いが出てくる瞬間というのは……。

古井　そばで肉親が沈没したんですから。普通に考えて、フィクションの距離は随分とった。そのわりには、書いた後の感じとして、事実のほうが近くにすり寄ってきた気がする。

富岡　事実。

古井　ええ。沿っていくことが難しい事実に対しては、大幅なフィクションを持っていく。読み返してみて、やはりあの章が、僕にとっては一番生々しく書いてありますね。

富岡　後藤明生さんも、以前連作で、『首塚の上のアドバルーン』の一篇、「『平家』の首」を書いているときに、ご自分が喉を手術されて、そしてそれをさらに作品の中に書かれた。あれなんかも事実とフィクション、あるいはフィクションの質の問題として、連作の中で起こり得ることの一つですね。

古井　そういう目に遭うと、『ああ、おれもほんとうに現代人だなあ』と思う。ひところの作家だったら、そういう目に遭うと半年とか一年休んだ。で、その構想を一度全く捨てて、別な構想で来たり、五年も十年もたってからつなげたりした。そこへいくと今の作家は時間のサイクルが普通の生活者、勤め人と一緒です。おやじが死んだからって業務を止めるわけにはいかないときはあるんです。逆らうよりは、むしろそのパラドックスをどうやって描いていくかということになる。

だって四十、五十になって何年かおきにでかい仕事をしていれば、肉親の死とか病気とかにひっかかるのは当たり前でしょう。自分が死ねばゲームセットですけどね。

富岡　三島由紀夫が『豊饒の海』を書く前にそんなことを言ってますね。これを完結するには、そういう現実上のアクシデントがあるだろうけれど、それを乗り越えていって……と言って、しかし、最終的にゲームセットにした。

古井　僕はあまり三島さんに対していい理解者ではないけれども、終わりの時間を求めることしきりというのは、身につまされる。

重なる永遠の境目と日常

富岡　最後の作品「また明後日ばかりまゐるべきよし」で荷風の日記が出て、空襲の中の梅の香り、それから桜の情景というところに入っていく。戦争というものを出そうというふうに最初からある程度考えられたわけですか。

古井　途中で身内に死なれなければ、もうちょっと違う展開をしていたと思う。

僕が漠と目指していたのは、現代人がどんどん時間と空間を奪われる。感覚を奪われていく。やがては視覚、聴覚までおかしくなっていく。案外そこに往生の機縁はあるんじゃないか。——そういうことを目指していたんですけど。やはり身近でやられると、ちょっとそこまでのゆとりはなくて。

富岡　戦争というと、やはり一般的に理解しやすいところにも行くし、それで完結にもなるのかどうか……。

古井　まあ、僕としては故人への情にたしなめられて、そっちに行き、そっちのほうで終わったわけですけどね。

最後に戦争時代のことに行ったのは、あの時代に家族三人で逃げまどったということがある。その二人が故人になってしまいましたので。そうでなければ、また展開が違ってきたでしょう。

だから、後半それた部分は、今度何かで取り返そうと思っている。

富岡　戦後文学だと、やはり時間、意味あるいは倫理的な観点で戦争を直接、間接に書いてますが、古井さんの場合は……。

古井　六歳です。

富岡　ええ。

古井　六歳の少年としては、恐怖のせいだか、いっとき老成していたようですね。物の感じ方がちょっと、少年ではとどまらなかった。そうすると、単純な話、年のとり方に狂いが出てくるんです。六歳ぐらいから逆に、だんだん幼くなってきたとか。成人したらよけいに幼くなったとか。近年ますます幼くなっているとか。自分の年のとり方の曲線がちょっとどうなってるのか、わかりにくい。

倫理問題とか社会問題としてとらえる前に、六歳ぐらいで恐怖にやられた人間は、どうも自分の年の取り方がおかしくなっているんじゃないかということが大問題になっちまうんですよ。

富岡　生理的に？

古井　そうです。まあ、あの戦中と直後のやつれた顔なんていうのは、ちょっと子供の顔じゃない。今の私より、もっと思慮深いところがありましたしね。

富岡　この作品に関しては、戦争で空襲を受けることと、「往生」とが意図せずにつながるという読みもできる気がしたんですが。しかし、今のお話では、最初の方針とは違うということですね。

古井　あのころは、これはだめかなと思った瞬間が、いくつかありましたから。しかし、それを過ぎると、すぐに日常が反復してくるんです。いかに空襲の毎日であろうと、防空濠の中であろうと日常は日常でしょう。だから、永遠の境目と日常とが、僕の場合重なってしまいやすい。というわけで、やっぱり最後にはお里が出てきた。またぞろ、どうかと思いましたけれど。

　ほんとうはもっと色っぽいことを書きたかった。しかし、仏さんが出ちゃいけませんよ。

富岡　色っぽい話も多少は出てくるような気がしますけどね。

古井　このやり方でいくと、そうとう大胆に書ける。実際「しめたな」という気になったことはあります。そしたら、ある日、電話が鳴って知らせが入ってね。二塁に盗塁して、三塁まで盗もうと思った矢先に牽制球が来たみたいなもんです。

富岡　それで「往生」というタイトルなんですね。

古井　最初につけちゃったからしょうがない。こんなことでしたら、つけませんでしたよ。

富岡　この大きな作品の後は、どういうような形で展開していかれるんでしょうか。

古井　故人が止めに入ったその先を、あらためて追っつけていこうかとは思ってます。また小説らしい形から離れるのでしょうか。

富岡　つまり、日記とか？

古井　どういう形になるのか。形相だけあって、質料がないような状態なんだけど、もう二、三ヵ月したら始めるつもりです。

（一九八九年九月十一日、日本橋たい家にて　一九八九年「すばる」十一月号
『作家との一時間』一九九〇年十月刊に所収　日本文芸社）

災禍からしぶとく生き残った末裔として

歳月がつかみがたい

富岡　古井さんの作品の中には戦争の場面、具体的に言えば空襲体験が繰り返し出てきます。また、今年は戦後七十年ということですので、この七十年という歴史と時空間を、古井文学がどういうふうに描き捉えてきたのか。

古井さんが処女作「木曜日に」を発表したのは、一九六八年ですね。その後、「円陣を組む女たち」、「男たちの円居」、そして芥川賞を受賞された「杳子」が一九七〇年です。

一九七〇（昭和四十五）年は、大阪の万国博覧会があり、また三島由紀夫が市ヶ谷で自決している。高度経済成長といわれた戦後の転換点という気がします。そういう時期から以後四十五年に及ぶ創作活動を古井さんは展開されてきた。二十世紀後半から二十一世紀、昭和から平成の四半世紀という、まさに大きく現代史が変わっていく中で創作を続けられてきたと思うんです。『人生の色気』（二〇〇九年新潮社）というエッセイ集でもお書きになっていますが、現代は、表面は平静で、平らで穏やかだけれども、底のほうが急変していくような社会だと。これは歴史上なかった時代なんじゃないか。前の時代を考えると、明治維新、関東大震災、それから世界的には二度の大戦がある。戦後はそういった大きな事件はないけれども、社会は底のほうでものすごく変わっていくような、そういう時代だったんじゃないか。

古井 必ずしもいい意味の変化じゃない。

富岡 そうですね。小説は時代を映す鏡だとも言われます。古井さんの文学は、私の読ませていただいたところでは、社会の現象をリアリズムとして映すものではない。起こっている現実の因果関係を言葉で説明できれば、おそらくノンフィクションやリアリズムの文学が有効であると思うんですね。ただ、この七十年、とりわけ一九七〇年以降の社会や思想、世相の変化というのは、そういうものでは捉えがたい。むしろ古井さんは、現実と社会の非常に微細な流動性を稠密に根底的に作品化されてきたんじゃないか。現代作家の中であまりそういう例はないのではないかと思います。実際にお書きになり出してから半世紀余りたちますが、そのスパンでいろいろお話を伺いたいと思います。

古井 今の作家が最も苦しんでいるところは、歳月というのが実につかみがたいということです。これは僕のような年寄りも、中堅どころの作家も、新人もそうだと思う。いま戦後七十年と言うでしょう。はたしてその七十年が長かったのか、短かったのか。これがほかの時代の七十年というと、明治元年が一八六八年です。それから七十年というと、一九三七年になるんですね。その間、明治の変革というのは大変なもので、得たものも多いけど、失ったものも多い。その変革もさることながら、西南戦争、日清戦争があり、日露戦争がある。第一次大戦はよその国のことだったろうけど、その間に一種の「バブル」現象が起こったその末に、関東大震災に襲われた。三七年には日華事変が始まった。それから間もなく総動員令が出て、それから四〇年に大政翼賛会ができた。その四年後には、僕なんかは無差別空襲の下を走っているわけです。あげくに原爆が落ちた。一八六八年に、七十何年か後に原爆のようなものが落とされるなんて考えられたでしょうか。その明治元年からおよそ七十年目に、私は生まれているんです。一九三七年、昭和十二年です。

では、戦後はどうかと。昭和二十年から始まりましたね。私が七つから八つになるころです。さて、この長い短い、が難しい。二十年代、二十八年ごろまでは、表も根っこのほうも同じぐらいの変動でした。その後がピンとこないんです。表の平穏さと底の変動にずれがある。しかし科学技術の進歩というのは、動乱とか、そういう変動と一緒なのではないでしょうか。利便性しかもたらさないようだけど、人間の精神をかなり変えていくものでありますよね。そうすると、小説を書いていて、三年前、十年前、二十年前、三十年前のことを書いていても、徒労のような気がするんです。時代が順々に移ってきたというのではないので。僕が職業作家になった七〇年、今と比べても変わりないようなところありますよ。つまり、昭和二十年代、あるいはその前の世界と比べると、まことに平和である。今その辺歩いていても、七〇年代の気持ちになることとあります。風景はもちろん違いますけどね。つまり、安泰という感覚がともなうんです。これが本物かどうかは別です。僕はそういう、動乱と表面上の安泰が乖離してしまった時代の作家なんです。大層書きにくかった。大体人に共通されるような事件が少ない。七〇年代に起こった全共闘の運動だって必ずしも全ての人が共有する体験ではありませんでしょう。

富岡　古井さんの前の世代になりますと、第一次戦後派の武田泰淳とかの作家達、また第三の新人の作家達も戦争を体験している。

古井　そうですね。戦争を大人として体験していますよね。

空襲体験について

古井　もう一つ、作家のことではなくて、世間のことです。戦争を大人として体験した人、特に戦地に行って帰ってきた人のことです。この人たちは、戦争に対して寡黙なんです。だから、戦争体験が若い世代――そのころ僕も若い世代ですけれども――に、十分に伝わっていない。戦地のことを本格的に書き出したのは七〇年代の山本七平さんとか古山高麗雄さんじゃないかなと思いますね。

富岡　実際に戦争を体験した人はある時期までは語らなかった。

古井　語らなかったですね。僕の先輩にも戦地から帰った人がいましたけれども、何か滑稽な事件ばかり話して、深刻なことは話しませんでした。

富岡　古井さんご自身は、八歳の頃に五月二十四日未明の山手大空襲に遭われた。その後、お父様の実家である岐阜県の大垣に疎開されたんですね。

古井　大垣でも空襲に遭いました。大きな爆弾です。早朝に一機だけ飛んできて、警報が鳴るか鳴らないかのうちに一発だけ落として行った。これはすごいものでした。建具なんかはめちゃめちゃです。原爆投下の予行演習だったのかもしれませんね。

富岡　その大垣での体験は、「赤牛」（『哀原』一九七七年　文藝春秋所収）という作品で詳細に書かれています。その前の作品「円陣を組む女たち」（『円陣を組む女たち』一九七〇年　中央公論社所収）の最後にも、女たちが円陣を組んで子供を取り囲んで、爆弾が落ちたら一緒に死にましょうというシーンが唐突に出てくる。その原形をさらに詳しくお書きになったのが「赤牛」という作品。「赤牛」では、子供の心情として大垣に行くと、まず安心するということが描かれていますね。

古井　それはそうですよ。大垣のような小さな城下町まで焼くとは思ってなかった。戦争の観念がまるで違う。東京に住んでいる人間でもそうでしたよ。敵を殲滅させるという観念は、一般国民には薄かった。では、政治家や軍部はどうか。これが難しいところですね。僕の生まれたのは一九三七年で、翌々年にはもうヨーロッパで戦争だった。十分な近代兵器を持っていたはずなんです。第一次大戦という凄惨な戦争があったにもかかわらず、まだ昔風の個人同士、あるいは集団同士の〝戦〟という感覚だった。ところが、戦争継続中に軍事技術が急速に発展して、結局は殲滅戦という方向に戦術が移ったんですよ。特に第一次大戦のときに、毒ガスというのが局所的に猛威を振るった。第一次大戦が終わって、間もなくまた戦争が起こるとは感じられていたんですが、次の大戦の主役は毒ガスだと思われていた。ところが、実際起こってみると、主役は毒ガスではなかった。そのかわり火災です。広域にわたって全面的な火災を起こすと、毒ガスをまく以上の効果があった。まず一酸化炭素、二酸化炭素、あるいは窒素化合物が出る。さらに空気がなくなる。それから、空気の温度があるところより高くなると呼吸できなくなるそうですね。ドイツでも、空襲で亡くなった人の多くが傷一つない。窒息死です。日本の本所深川の大空襲でも、亡くなった十万人程の死因は火傷と言われていますが、それは倒れた後のことで、多くは窒息死だったんじゃないか。これが殲滅戦ということなんです。お互いに敵を目指して突っ込むというより、高いところから組織的に、方法論的に整然と攻撃する。こういう観念が、少なくとも日本人の、少なくとも国民にはなかった。だから、軍事施設がやられるとは思ったけど、まさか一般住民の住まう町を焼き払うとは思っていなかった。空襲に遭うと、それまで信じていたこと、あるいはやったことがほとんど非現実的になるんです。あたり一帯、火災に囲まれる、あるいは上から爆発物が落ちてくるというのは、この恐怖もさることながら、恐怖に一抹、自分のやってきたことが非現実だったという意識が混じる。そうすると、さらに恐怖が膨れ上がる。本当の意味での近代化というのに追いつけるかと、日本人は自問したんじゃないか。追いつけないのに戦争を始めてしまった。ヨーロッパ人もそうだったんじゃないかなと思いますけどね。

富岡　日本は特に木と紙でできた住宅が多かった。そんななかで、焼夷弾は大きなダメージを与えますね。

古井　ドイツも多くは木造建築だったんですよ。だから、最初は天井を抜くためにだけ爆弾を落として、あとは焼夷弾で炎上させる。そのような戦争中に開発された科学技術が、戦後の経済成長に貢献しているんです。そういう意味では、戦争というのは底流としてずっと続いているわけです。コンピューターも最初は軍事で使われるものですよね。

富岡　戦争の大量殲滅戦の方法ですね。それは経済や商品の次元と重なり、大量のものをつくり、大量のものを消費していく。戦後の高度経済成長と大量消費社会は、空襲と同じ一つのスタイルと言えるかもしれませんね。

古井　共通しているのは、ひとしなみにしてしまうということです。空襲はひとしなみに焼く。一方、戦後の経済主義、科学主義は、人をひとしなみに均(な)らす。

記憶の断絶を乗り越える

富岡　その意味では、戦争と戦後の平和ないし高度経済成長というのは切れていない。ずっと底流ではつながっている。

古井　つながっています。しかし、一方では切れている面もあるんです。これは最も深刻な話とも言えます。敗戦直後、上野あたりに戦災孤児がいっぱいいた。おそらく、本所深川あたりの大空襲のとき、親にはぐれ、あるいは目の前で親が亡くなった。それで、戦災孤児になって随分の子が亡くなっているけど、生き長らえた人もいます。そういう人たちは、施設で育って、実は、恐怖のあまり、自分がどこの誰か、姓名も、親が誰かも思い出せない。それで、施設から名前を与えられて、戦後の生活をしていくわけです。就職して、人とめぐり合って結婚して、子供をつくって、老年に至る。ただ、大空襲の夜を境にそれ以前の記憶がどうしてもよみがえって来ない。戦争を経た人間——僕なんかもその端くれなんだけど——の中にはどこか記憶の断絶がある。思い出していけばどうにかつながるけれども、前後が怪しかったりします。特に聴覚的な恐怖感が思い出せない。視覚的な記憶ばかりです。視覚というのは物事を対象化するでしょう。とくに記憶の内で。だから、まだしも堪えられる。しかし音はもろに押し入ってくるから、もうその場で遮断しているんです。この記憶の遮断が親から子に、子から孫にどこかつながっているんじゃないか。最も難しいのは、戦争が終わってから七十年、戦中も含めてあと五年ぐらい足すとしても、人が本当にひとつながりの記憶を持ち得ずにいる。そんな中で、議論したり、思考したりしている。そのことが、徒労だと感じることもあるんじゃないか。

富岡　古井さんはそれに対して、作品を通して記憶の断絶を言葉によって乗り越えていく傾向がありますね。

古井　少しずつ、言葉で呼び出そうとしているわけです。戦中派の親は、戦争のことを子に伝えなかったと思う。これは戦地に行った人と同様で、あまり話さなかった。僕が戦争中、逃げ回ったのは、母親と姉と三人一緒だった。母親は、三島さんが亡くなった翌年の昭和四十六年に亡くなっている。それから十年ほどして姉が亡くなった。この三人で空襲の話をした記憶がないんです。やっぱり切り出すのもおそろしいというところがあったんでしょう。亡くなる前にもっと確かめておけばよかったのにと後からは思うけど、僕も確かめる気はなかった。

　僕が物を書き始めた頃、若い世代の作家にも、語りの文学、物語として復活することが文学として大事なんだという考えがあった。それは大事なんだけど、物語を書くときに、時代の流れの記憶に断絶があると難しくなるんです。それで僕は、いっそ、時代を吹っ飛ばして、『仮往生伝試文』（一九八九年河出書房新社）のように、『今昔物語』などの古典に沿いながら、少しずつ自分の記憶を取り戻そうと試みた。それまでは、戦中のこと、戦後のことを書けるような了見でいたけど、もう少し根本的なところから掘り起こさないとだめなんじゃないかと思った。

富岡　いまおっしゃった『仮往生伝試文』ですが、今回読み直してはっと思ったのが、一番最後の「また明後日ばかりまゐるべきよし」という章です。永井荷風の日記から深川の大空襲の話が出て、そこで梅の花の香りが印象的に描かれています。視覚的なもの、先ほどおっしゃった対象化するものとは別な人間の嗅覚とか聴覚ですね。そこから、切れてしまっている記憶を、もう一度掘り出して言葉として展開する。そういう試みが、あの作品ではなされていたんですね。

古井　敗戦の年の二月の末から三月の初めの大空襲のときの僕にも、多分梅の香りがしていたんじゃないかな。そんなことがきっかけなんですよ。作品の中にも書きましたが、満開の桜に向かって逃げたこともあるんです。上では敵機の爆音が唸り、下からは味方の高射砲の音が盛んにあがった。花が狂ったように咲いていたように見えました。こちらが死に物狂いで逃げているからそう見えたのでしょう。僕の場合そういう静かなはずの情景、あるいは感覚の中にどこか恐怖が混じるんです。

富岡　古井さんの文章で〝怯える〟という言葉が非常に印象的に使われていますね。そういう感覚は、空襲の状況の中では、大人も子供もひとしなみに感じていたとは思います。ですが、特に年少の感覚として怯えがあった。「赤牛」という作品の場合は、五月の山手空襲があって、東京から来て、疎開先の大垣がわりとのんびりしているときに、ある怯えを子供である語り手の「私」は感じますよね。

古井　怯えというのは、恐怖の現象の最中だったら当たり前のことですよ。しかし空襲はだんだんに近づいてくるわけです。空襲によって本所深川あたりの人がほとんど焼け死んだそうだと、うわさとなって伝わってくる。三月に深川、五月に山手の後はしばらく平穏だったんですよ。でも、平穏な日常の中に潜む怯えがあった。これはひょっとして戦後を生きる人間の感覚を解き明かす一つの鍵になるんじゃないかな。

富岡　平穏の中に潜む怯えは、古井文学の一つの特徴でもありますね。また、静かさの中の喧騒です。新作の『雨の裾』（二〇一五年　講談社）でも、冒頭の題は「躁がしい徒然」。それは常に古井作品の中で反芻されている。

古井　例えば敗戦後二、三年は、夜、電車や汽車の信号がしばしば不調になるんですよ。運転手と本部、あるいはコントロール室というようなところの間では、無線の連絡なんかできないわけ。いらだった運転手が警笛を長いこと鳴らす。そうすると、あちこちの家で窓がひらいて、人が首を出して耳をやる。そんな光景が見えましたよ。それがいつごろから消えたかな。電車や汽車もそういうことがなくなったからかもしれない。もっと平穏な時代になっても、夜、道歩いていて、何か嫌な夜だなと感じることがありました。僕の家が焼かれたときも、宵の口、雨が降って、雨が降れば空襲が来ないわけですよ。まず平穏な夜だったはずなんですけどね。

宗教的な感覚が薄れてしまった

富岡　次に一九八〇年代、いわゆるバブル経済の頃の話を伺います。七〇年代前半にはオイルショックがありますが、八〇年代に入ると、日本経済が膨張しはじめる。特にアメリカとの間で貿易黒字をつくる。八〇年代の前半というのは、さっきの話でいえば、大量に物をつくり、それを売り、消費する。日本の中での需要は限界までくる。で、アメリカが市場となり、日本企業はアメリカの大きな企業を買収した。コロンビア映画をソニーが買収したりです。この頃から、消費文化の社会の激変と、個々人の生活感覚との間にずれが生じてきたような気がするんですね。

古井　そうなんです。でも、それまでの戦後の経済世界だってすんなりと来たわけじゃないんですよ。行き詰まった年もあるんです。六〇年、行き詰まっていますよ。七〇年にも行き詰まっている。八〇年にも行き詰まった。七〇年のオイルショックが起こったとき、僕より四、五年、あるいはそれ以上の年の中年男たちが、「ああ、これでいよいよ日本ももとの貧乏に戻るのか」と、何かほっとしたような顔で言っていました。

　でも、行き詰まるそのたびに技術革新とインフレ政策で、また押し上がったんですよ。当事者たちは、死に物狂いだったでしょう。ただどうも、自分の足元を見ずに押し上げたんじゃないか。八〇年代も同じです。九〇年代のバブルがはじけた後も、八〇年代の初めとやっていることはそっくりなんですよね。バブル崩壊というのはとても大きな事件で、今の若い人でも、バブルのころに親が中年だったり、あるいは自身が青年だったりして、バブルの後遺症を引きずっていると思うんです。それは孫たちにも伝わっている。ところが、バブルの総括がなかなかできない。年々先送りで来たせいでしょう。

富岡　八五年に日米でプラザ合意がありましたよね。つまり、日本があまりにも貿易黒字なので、アメリカが人為的な円高に持っていきました。それで日本の国内で消費をつくろうという動きが生じる。だけど、物はもうそんなに売れない。そうすると土地に金が回り始める。その少し前ですが、予見的に八三年に富岡多恵子さんが、『波うつ土地』（一九八三年　講談社）という刺激的な作品を発表しました。土地は本来波うたないんだけど、土地が金融バブルの対象となる。同じ頃に大庭みな子さんが『寂兮寥兮（かたちもなく）』（一九八二年　河出書房新社）という作品を発表しています。これは、二組の男女の話で、急激な社会の変化と呼応しつつまた人間の内面と性が崩れていく話です。古井さんの『仮往生伝試文』は、まさにバブル期に連載をされて、そして八九年に刊行されました。人間の往生、死に向かう自覚が、逆に消えてしまった時代だったと思います。経済のほうに全て目が行ってしまい、人間の生存と死の感覚が溶けていったときに、『今昔物語』など、古い物語にさお差しながら、人の往生というのを見る。あるいは、方途を失って往生している現代人の姿でもある。そういう意味で、『仮往生伝試文』は極めてアクチュアルな作品であったと私は感じているんですね。

古井　宗教的な感覚が、断絶とまでは言わないですけど、薄れてしまったんじゃないか。何も死後とか、霊魂の不滅とか、永遠ということを考える、そこまではいかなくても、人は死ぬものだということをいつか忘れるような生き方をしていた。昔はね、やっぱり人は死ぬものだと思わせられるいろいろな折々があったんですよ。もちろん葬式は今でもありますね。でも、長命になったから、若いころに肉親の死に立ち会うということが少なくなった。それから、煩雑な法事も省略するようになったでしょう。昔は、子供でもそれにつき合うので、人間は死ぬものだという感覚を折々に知るんです。それがすくなくなってしまったので、あたかも人は死なぬかのような気持ちで生きるようになった。

僕は『野川』（二〇〇四年　講談社）という作品を後年書いたんですが、最初のほうでリルケの『マルテの手記』の「この街に人は死ぬために集まってくる」をもじって「この街に人は死なぬ了見で集まってくるんじゃないか」そんなことを書いた。リルケの街はパリ、こちらは東京です。何かそのような気持ちがそれ以前に『仮往生伝試文』を書き出したきっかけでもあったんじゃないかしら。

富岡　『仮往生伝試文』は、小説ではあるけれども、小説の枠を外していくというか、二十六年前に「すばる」でインタビューさせていただいたときも、フィクションからちょっと自由になりたいと話されていましたね。

古井　その前に『槿』（一九八三年　福武書店）というのを書いていた。ちょっと全力投球し過ぎて、自分はいわゆる小説というものを書けるのかどうか、そういう資質があるのかという疑問に直面しました。

それでも書くように編集者から促される。じゃあ、ちょっと小説から外れてみるかと。どうなることかと始めたんだけど、結構筆が走った。自分の中に積もっているものがわりあいすんなり出てきた。こんなふうに将来やっていきたいなと思ったけど、そうはいかない（笑）。

男女の情にも敗戦の影はある

富岡　先ほどおっしゃっていた『野川』でも空襲の話が出てきますよね。この『野川』刊行時のエッセイで、一夜に十万に及ぶ死者を数えた、三月十日の凄惨な大空襲を「自分に課せられた物語」として書きたい、書いていかなければならないと強く思ってきていると書かれていました。

古井　もう一つ書きたいと思ったのは、男にとって女とは何かです。母親ではあるんですよ。〝一切の女人、これ、母親なり〟という、仏典か何かにあるんだそうですね。例えば戦争中に戦地へ送り込まれた兵隊の間で、母親信仰というのが強かったと聞きます。僕も母親と姉とに引かれて走っているわけですよ。逃げている周りに、やっぱり女性は多かった。これはもういかんというときに、女たちに包まれる。その感覚は成人しても濃厚に残っている。

だから、男女のこと、いわゆるエロティシズムのことだけじゃなくて、男が女に生命を守られるという境。それからもう一つ、女は子供を連れて危機に陥った場合、子供を道連れにしようという、そういうすごいところがあるんです。例えば動物の親が子供を守れないと知った時に腹の中へ納めもどす、つまり食べてしまうという。僕は男女のことを書く作家の一人、エロティシズムの作家だと思われているけれども、そういう体験があるからなんです。

富岡　「円陣を組む女たち」というのはまさにそういう作品だったと思います。もう一つ私は『行隠れ』（一九七二年　河出書房新社）という作品が好きです。あそこに出てくる母的なるお姉さんが印象的です。お話を聞いてあの作品が持っているエロスのことを思い出しました。

古井　それともう一つ、戦時中、夫を亡くしたり、父親を亡くしたり、息子を亡くしたり、いや、みずから命を落としたそういう女性が多い。しかし戦争を振り返って、女でよかったと思った女性もすくなくなかったはずです。是非もないことです。男だったらどこに突っ込まれるかわからない。もちろん空襲で亡くなっている女性もたくさんいますが、無事に戦後まで生き長らえて、夫も無事だったとする。そうなると、夫や息子にどこか男であってほしくないという願望が女性の中にひそんだかと思う。男の振る舞いには、危ないところへ突っ込みかねないところがある。そういう男の性（さが）を持たないでほしいという気持ちがあったんじゃないか。それが母から娘へ、さらに孫娘へとつながって、いまだに男女の関係に影響しているのではないか。つまり、男がいろいろな意味での戦の場に突っ込むことを嫌う。だけど、それにつれて男が弱っていく。

富岡　それは戦後の女性像としては大変おもしろいですね。原点はもちろん戦争とか空襲でしょうけど。

古井　ある女性から聞きましたよ、女でよかったと。男だったら、仮に戦地に行かなくても、苦しめられたであろうって。

富岡　「赤牛」など幾つかの作品で出てくるのは、空襲のときの男の振る舞いです。女たちは「円陣を組む女たち」で書かれているように、この子を守ろうという意識が強い。男のほうは、野太い大きな声を上げているけれども、何か非現実的な光景として描かれていますよね。

古井　そうです。ほんとうに壮健な男性は少なかったんです。兵隊に召集される、あるいは工場に動員されていますからね。召集にかからないような年の男性が多かった。ああいう危機の中で、恐慌にとりつかれた場合、女よりもどうかすると男のほうが取り乱す。女はしーんと静まるようなところがあって、これはちょっと鬼気迫るものなんですよ。特に子供を連れていると。

富岡　「円陣を組む女たち」と同時期に、「男たちの円居」というのをお書きになっていますね。

古井　あれは男たちのまさにぶざまな光景でもあるんですよ。

富岡　山小屋に行って、そこで食料がなくなって、男たちが行き場もなく、だんだんと自堕落になっていく風景。

古井　〝男たちの円居〟というのは、古来、運命共同体の型のはずなんです。それが運命から逃れようとした男たちの円居になってしまう。そうすると、どうしてもだらしのないところが出てくる。それは僕なんかにも酒を飲んでいるときに起こっているでしょう（笑）。女性がそれを見たら、この男たち、いざというときに、自分を守ってくれないなと思うんじゃないかしら。

富岡　何か戦後の男像という感じがありますね。

古井　うん、あるね。あるところまでは、「命あっての物種」が続いたんですよ。これももう是非もない。それが長く続き過ぎたかな。つまり、今、自分たちがひとまず安穏な世界にいるとして、この安穏なるものを保障しているのは何かということをあまり考えなかったんだね。そのうち、安穏というのが空気と水のようになってしまった。そうすると、男の力はやっぱり弱っていくだろうな。

それから、もう一つ、戦後文学でエロティシズムということが盛んに言われた。敗戦直後でも、『肉体の門』とか、そういうのが大いに読まれた。以前、「瓦礫の陰に」(『やすらい花』二〇一〇年　新潮社所収)という作品で、焼け跡で交わる男女のことを書きました。焼き払われると、境がなくなってしまうんですね。敷地と敷地の境も、町と町の境も、それから時間の境もなくなってしまう。そういう無境の中で、男女が交わる。みだらなところはなかったんです。だけど、一方では、やっぱり戦に負けたことを男女の性欲の解放と感じた。男女の情にも、敗戦の影が落ちているんですよ。

敗戦直後の住宅難の時代には、同じ屋根の下に何家族か住まう、雑居暮らしがザラでして、隔てと言って障子や襖しかない。それだもので、人の耳をはばからずに済むところで思いのたけ、あい接したいというのが、男女の宿願でした。ここにも敗戦の解放感がひそみます。それが経済成長も進んで住まいがあらたまるにつれて、どう変わったことか。

文学が書きにくい時代

富岡　九〇年代以降というのは、イノベーションとグローバリゼーションの時代と言われます。身近なところでも、携帯電話の進化がすごいですね。今はみながスマートフォンを持っている。古井さんも『人生の色気』でお書きになっていますが、そういう情報化社会では文学が書きにくい時代なんじゃないかと。

古井　そうです。とても書きにくい。

富岡　でも、今の若い作家たちは、そういう現実をどういうふうに描いていくかというのが一つのテーマにはなり得る。

古井　近代の資本主義至上主義、あるいはリベラリズム、あるいは科学技術主義、これが限界期に入っていると思うんです。五年先か十年先か知りませんよ。僕はもういないんじゃないかと思いますけど。あらゆる意味の世界的な大恐慌が起こるんじゃないか。その頃に壮年になった人間たちは大変だと思う。同時にそのとき、文学がよみがえるかもしれません。僕なんかの年だと、ずるいこと言うようだけど、逃げ切ったんですよ。だけど、子供や孫を見ていると不憫になることがある。後々、今の年寄りを恨むだろうな。

富岡　最近、藤沢周氏の『界』（二〇一五年　文藝春秋）という小説を読みました。短篇連作なんですけど、中年の男の主人公が現実と異界、此岸と彼岸を渡っていくような話です。そこで現実と異界を繋ぐアイテムとして登場するのがスマートフォンです。ある種の古代的、幻想的な闇とテクノロジカルなものがうまくクロスしている作品かなと感じました。そういうテーマの作品がようやくというか、ついに出てきている。

古井　スマートフォンをはじめ、情報技術が、人から時間と距離をなくしていく。現世ではね。それを逆手にとって来世に振るというのは大胆な試みですね。来世のことまでスマホで連絡がつくんじゃないか。そうすると現実は何かということになるな（笑）。

富岡　グローバリゼーションとは空間による時間の消失です。空間を拡張することで時間が消えていきますからね。

古井　芥川賞の選考委員をしていて、若い作家の作品を同情しながら読んだことがある。それは文章と文章のつなぎがとても難しいんです。若い作家たちが迷っている。特に時間に関する記述です。つまり、接続詞を置くにしても、接続詞を潜ませるにしても、これがとても難しい。それをまぬがれるために、いわゆる口語体、コロキアルなスタイルを採用する。それをやるとね、時間の流れかどうしてか知らないけど、すんなり続くんですよね。幾らでも取り消しが利くんだもの。

富岡　例えば『仮往生伝試文』がそうですし、ほかの作品でもそうですが、ある時期から、口語の中に蓄積している文語――もちろん現代小説ですから口語を使いながら――その中に文語的粘り、つまり、過去の時間につながるような言葉の連続性を取り戻そうとされている。

古井　ワンセンテンス書いて次のセンテンスにつなげるのに、毎度毎度苦労して、もう嫌だと思うことが多い。どうつなげても恣意のように感じることがありますよ。何日か後のことを表すのに、迷った末に接続詞を使わずに文章をつなげていく。でも、これは苦労ですよ。さっきコロキアルと言ったのはしゃべり言葉なんですよ。

富岡　口語の中のしゃべり言葉ですね。

古井　でも、だんだんしゃべり言葉の小説も少なくなっているでしょう。

富岡　そこで、言葉と言葉の間、時間と時間の間をいかに粘らせて、つなげていくのか。

古井　文章から文章へつなげるのは、果たして書き手個人の力かどうか。先人の積み重ねみたいなものがあって、そこから来るある感覚、インスピレーションと言ったらちょっと大げさなんだけど、それに頼ってつなげているんじゃないか、そんな気がしますよ。

からっけつから始まる

富岡　『仮往生伝試文』の前に、ロベルト・ムージルを再度翻訳されていますね。それは作家として言葉というものをもう一度発掘していく作業でもあったのかなと思ったんですが。

古井　口調の問題があるんですよね。口調というのも個人のものじゃないんです。うんと近いところをとっても、親の口調、土地の口調、時代の口調はもちろん、もっと古くからある口調というものがある。これは日本語だけで考えるとわからないけど、外国語と比べると、口調、あるいは音律の違いがあるんですね。それで論理の運び方も違う。この彼我の差をどう意識していくか。例えば政治の交渉でも実は言葉がよその国に通じていないんじゃないかと思われる節がある。論理だけじゃないんだね。論理だけじゃなくて、どこに重点があるか。よっぽど外国語にたけた人間じゃなきゃわからないところがある。だから政治的な事柄も、経済的な事柄も、随分あちらが言ったことを誤解しているんじゃないかと思うんですよ。

富岡　それは外国語の問題だけじゃなくて、我々は言葉がはらんでいるはずの歴史性とか蓄積性を、ある時期から受け取れなくなっているんじゃないでしょうか。身近なところでも、それこそメールのような短い文は得意になる。でも、言葉が持っている時間性、蓄積性あるいは潜在性から関心が離れていったのかなという気がします。

古井　そうなんですね。幕末に黒船が来るでしょう。幕府側がいろいろ交渉に当たるわけですが、彼らは漢文口調で物を言っているわけですよね。かえって通ったという話を聞くんですよ。自分のスタイルというのがあれば、最初は通らなくても、向こうはそのスタイルを理解してくれる。そのスタイルを僕らは失っているので、よその国からは日本語がいよいよわかりにくくなっているのかもしれません。我々はそういう蓄積がひとたび切れたのだと、からっけつから始まるのだという意識は持ったほうがいいんじゃないか。なまじ伝統につながっているなんていう意識だったら、いいことはない。僕が作家としてスタートしたときも、からっけつで始めていると思いましたよ。

預言は背後から来る

富岡　『雨の裾』の中に収められた「春の坂道」という作品があります。その中にやはり空襲のことが書かれています。「この町も近いうちにかならず焼き払われる、と子供は思っていた。その言葉は知らなかったが、殲滅戦ということは感じ取っていた。口にするのも許されないことだった」と。そのすぐ後にこんな記述があります。「小児ながら預言者、口を封じられ、なすすべも知らぬ預言者であった。はるか後年になり、旧約聖書の、預言の書のひとつの内から、一節が目に留まった。預言者が告げる」。子供ですから口を封じられ、なすすべもない。それでも、やはり語らなければならない。何がしかの言葉を、大人たちなのでしょうか、必死に誰かに伝えなきゃいけない。自分の恐怖なり怯えを言語化しなきゃいけないという、その強い経験というのがある。

古井　人は預言者たり得るか。まず、いろんな事象を見ると、たり得ない。だけど、非常に広い意味での総合的な判断力。頭だけではない、感覚を挙げての判断ができるときがある。本人はそれを意識でとらえられないんですよ。子供が預言者というのはその状態のことでしょう。大人は感じ取れないものを子供は感じ取るんですね。

富岡　預言というのはもともと先のことを言うわけではなくて、言葉を預かるという意味ですからね。

ですから、旧約聖書では神の言葉を預かる。自己表現ではなくて、何か圧倒的なものとか、恐怖とか、絶対的な空白に対して、預かった言葉を送り出す。

古井　難しいですよ。預言者は言葉を神から預からなくてはならないので。

富岡　何がしか文学はそういうものを含んでいるんじゃないでしょうか。

古井　そうです。持ってなきゃいけないんです。荷風の日記を読むと、もう昭和の十五、六年前ぐらいかな、この都市が関東大震災の時よりも徹底して焼き払われるという、予兆みたいなものが感じられている。そのころから、ほんとうに総合判断ができる人間だったら、やっぱり戦争の結果がどうなるというのは見えていたのでしょうね。めったにはいなかったと思いますが。

富岡　小説家の場合は、それは情報を駆使しての総合判断というよりは、耳に入るものとか、身体と無意識も含めた感じ取ったものから、予見の言葉が出てくるんだと思うんですね。

古井　小説の恐ろしいのはね、後から見ればどこかで預言のようなことをしているところにあるんです。

富岡　それこそ古井さんの文学にはかなり予兆の言葉が出てくるなと思います。でも、それが時間の中を生きてきている言葉の力じゃないでしょうか。

古井　そうなんだろうね。それはきっと個人を超えるものなんでしょう。言葉そのものの内にある。だから、どこかで預言してしまうというのは、因果な仕事ですよ。本人は気がついてないんだもの、書いているときには何も。

富岡　預言って不吉なものですしね。でも、それが人間の死も含んだ生命の力に寄与するということが、言葉の力なんじゃないか。

古井　大震災の最中も、連作の最後から二番目の作品を書いていて、一人で暮らす高年の女性に夜な夜な地震みたいなものが伝わってくるということを書いていたら、ほんとうに大揺れを見ることになった。

富岡　古井さんの作品を読み返していると、戦後半世紀の歴史を遡行するような、予見的なものが出てくる。でも、それは先のことじゃなくて、後ろを見たときに出てくるもの。だから、そこで時間の往還、往復みたいなものが必ずある。

古井　預言というのは背後から来るものなんじゃないですかね。旧約聖書の預言者だって、どうも背後から来ているようだね。前方からじゃなくて。

圧倒的な力にさらされたとき

富岡　東日本大震災というのは、日本人にとってももちろんそうですけれども、現代の言葉にとっての一つの大きな出来事でもあった。非常事態って英語でエマージェンシーといいますよね。「エ」ってどうも調べたら、ラテン語で外に出るという意味だそうです。

古井　あらわれてくるということでしょう。

富岡　メルゲというのは要するに下に沈んでいる、深く沈んでいるものが上に出てくるから、非常事態なんですね。地震なんて文字どおりそうですが、ただ地震現象だけじゃなくて、人間の精神にとってエマージェンシーが起こった。それがある影響を言葉に与えていくということはあったんじゃないかな。

古井　一人一人の体験に照らしても、認識が改まるきっかけは、大概、言葉を失うときでしょう。一言も口が利けなくなったときに、ものの考え方や見方が改まる。かえって古いものを吸い寄せるということもある。やっぱりものが言えないという気持ちで文学をやっていった方がいいように思うんですよ。

富岡　あの震災の経験が、ものを書く人間に対して何がしかのものを突きつけたんじゃないか。

古井　それこそ、戦中以来の、圧倒的な力にさらされた。阪神・淡路大震災のときもそうだったけれども、まだ局地的な体験にとどまっていた。今回は体験として広がったんじゃないかしら。いまはまた風化しつつあるようだけれど。圧倒的な力に襲われたとき、文学なんていうものが成り立つかどうか。あの津波の前じゃ文学は手も足も出ないでしょう。

富岡　震災後の佐伯一麦さんとの往復書簡（『言葉の兆し』二〇一二年　朝日新聞出版）の中で印象的だったのは、ある時期から日本人の精神や感覚の中で、恐怖心自体が溶解していったんじゃないかと書かれていますね。

古井　そうなんですよ。

富岡　恐怖心がなければ、それを昇華させる言葉、つまり畏怖に変換していく言葉は出てこない。

古井　どんなときでも必ず根源的な恐怖というものがあるはずなんです。あの震災の起こる前は、それを忘れつつあった。でも震災で少なくともいっときはそれを呼び覚まされた。その土地にいてもいなくてもね。ある人が、あの津波の映像を見て、「見てはならないものを見た気がした」と言っていました。正直な言葉だと思ったね。

富岡　震災の頃、古井さんは『蜩の声』（二〇一一年　講談社）を連載されていた。その中の「子供の行方」という作品でまさに空襲の体験が呼び覚まされていますね。

古井　修羅場の恐怖、記憶が断絶された人間、強い断絶、浅い断絶、いろいろあるけれども、あの場をくぐった人間たちはやっぱり一生涯抱え込む。それがどうしても親から子へ、子から孫へ少しずつは送り越されるんじゃないか。それで、また圧倒的な力を前にしたとき、人はどう改まるかということなんです。この前の大震災に対する反応は、都会では安全対策という方へそらされてしまったね。圧倒的な力にさらされて生きているんだという方には行かなかった。

富岡　国土強靭化という形ですかね。物理的に安全なものをつくればいいという方にシフトした。堤防なんかそうですね。

古井　あれ以上の津波があり得るわけですよね。それまでも津波に対して備えてきた。巨大な堤防をつくったがたちまちひっくり返された。伝統と言うけど、何が伝統かは難しい。でも、こうは言えるんじゃないかな。先人たちは圧倒的な自然の脅威のもとで生きてきた。洪水でも干ばつでも脅威には繰り返しさらされてきた。それから、疫病がある。そのなかを先祖たちは生きてきた。我々はそれにつながってないわけがないんですよ。だって、我々はしぶとく生き長らえた人間たちの末裔だもの。強いはずなんだよね。飢饉とか疫病なんかで、一つの村で半分死んでしまったこともある。だけど、我々は生き残ったほうの末裔ですよね。それだけしぶとく、あるいは「業（ごう）」が深く、できているはずなんだ。

（二〇一五年六月二十三日　神田神保町にて　「すばる」二〇一五年九月号　集英社）

古井由吉　略年譜

一九三七（昭和十二）年
十一月十九日、父英吉、母鈴の三男として、東京都荏原区平塚七丁目（現、品川区旗の台六丁目）に生まれる。

一九四五（昭和二十年）年　八歳
五月二十四日未明の山手大空襲により罹災、父の実家、岐阜県大垣市郭町に疎開。七月、同市も罹災し、母の郷里、岐阜県武儀郡美濃町（現、美濃市）に移り、そこで終戦を迎える。十月、東京都八王子市子安町二丁目に転居。八王子第四小学校に転入。

一九五〇（昭和二十五）年　十三歳
三月、東京都港区立白金小学校を卒業。四月、港区立高松中学校に入学。

一九五三（昭和二十八）年　十六歳
四月、独協高校に入学、ドイツ語を学ぶ。九月、都立日比谷高校に転校。同じ学年に福田章二（庄司薫）、塩野七生、二級上に坂上弘がいた。

一九五四（昭和二十九）年　十七歳
日比谷高校の文学同人誌『驚起』に加わり、小説一篇を書く。

一九五六（昭和三十一）年　十九歳
三月、日比谷高校を卒業。四月、東京大学文科二類に入学。

一九六〇（昭和三十五）年　二十三歳
三月、東京大学文学部ドイツ文学科を卒業。卒業論文はカフカ、主に「日記」を題材とした。

一九六二（昭和三十七）年　二十五歳
三月、大学院修士課程を修了。修士論文はヘルマン・ブロッホ。四月、助手として金沢大学に赴任。

一九六四（昭和三十九）年　二十七歳
十一月、岡崎睿子と結婚、金沢市花園町に住む。

一九六五（昭和四十）年　二十八歳
四月、立教大学に転任、教養課程でドイツ語を教える。

一九六六（昭和四十一）年　二十九歳
文学同人「白描の会」に参加。同人に、平岡篤頼・高橋たか子・近藤信行・米村晃多郎らがいた。十二月、エッセイ「実体のない影」を『白描』七号に発表。
一九六七（昭和四十二）年　三十歳
四月、ヘルマン・ブロッホの長篇小説「誘惑者」を翻訳して筑摩書房版『世界文学全集56　ブロッホ』に収めて刊行。
一九六八（昭和四十三）年　三十一歳
一月、処女作「木曜日に」を『白描』八号、十一月「先導獣の話」を同誌九号に発表。十月、ロベルト・ムージルの「愛の完成」「静かなヴェロニカの誘惑」を翻訳、筑摩書房版『世界文学全集49　リルケ　ムージル』に収めて刊行。
一九六九（昭和四十四）年　三十二歳
八月「円陣を組む女たち」を『海』創刊号、十一月「雪の下の蟹」を『白描』一〇号に発表。
一九七〇（昭和四十五）年　三十三歳
三月、立教大学を助教授で退職。八年続いた教師生活をやめる。六月、第一作品集『円陣を組む女たち』（中央公論社）、七月『男たちの円居』（講談社）を刊行。
一九七一（昭和四十六）年　三十四歳
一月『杳子　妻隠』（河出書房新社）を刊行。「杳子」により第六四回芥川賞を受賞。十一月、「新鋭作家叢書」全十八巻の一冊として『古井由吉集』を河出書房新社より刊行。
一九七二（昭和四十七）年　三十五歳
三月『行隠れ』（河出書房新社）を刊行。
一九七三（昭和四十八）年　三十六歳
二月『筑摩世界文学大系64　ムージル　ブロッホ』に「愛の完成」「静かなヴェロニカの誘惑」「誘惑者」の翻訳を収録刊行。四月『水』（河出書房新社）を刊行。
一九七四（昭和四十九）年　三十七歳
十二月『櫛の火』（河出書房新社）を刊行。
一九七六（昭和五十一）年　三十九歳
五月『聖』（新潮社）を刊行。
一九七七（昭和五十二）年　四十歳
二月『女たちの家』（中央公論社）、十一月『哀原』（文藝春秋）を刊行。
一九七八（昭和五十三）年　四十一歳

十月『夜の香り』（新潮社）を刊行。
一九七九（昭和五十四）年　四十二歳
十一月『栖』（平凡社）を刊行。
一九八〇（昭和五十五）年　四十三歳
四月〜六月『全エッセイ』全三巻（作品社、四月『山に行く心』、五月『言葉の呪術』、六月『日常の〝変身〟』）を刊行。五月『栖』により第一二回日本文学大賞を受賞。
六月『文体』が一二号をもって終刊となる。八月『椋鳥』（中央公論社）、十二月『親』（平凡社）を刊行。
一九八二（昭和五十七）年　四十五歳
四月『山躁賦』（集英社）を刊行。九月『古井由吉作品』全七巻を河出書房新社より毎月一巻刊行開始（八三年三月完結）。
一九八三（昭和五十八）年　四十六歳
六月『槿』（福武書店）を刊行。九月『槿』で第一九回谷崎潤一郎賞を受賞。
一九八四（昭和五十九）年　四十七歳
三月『東京物語考』（岩波書店）、四月『グリム幻想』（PARCO出版局、東逸子と共著）、十一月、エッセイ集『招魂のささやき』（福武書店）を刊行。十二月、同人誌『潭』創刊。編集同人粟津則雄・入沢康夫・渋沢孝輔・中上健次・古井由吉、デザイナー菊地信義。
一九八五（昭和六十）年　四十八歳
三月『明けの赤馬』（福武書店）刊行。
一九八六（昭和六十一）年　四十九歳
一月『裸々虫記』（講談社）を刊行。芥川賞選考委員となる（二〇〇五年一月まで）。二月『眉雨』（福武書店）、三月『「私」という白道』（トレヴィル）を刊行。
一九八七（昭和六十二）年　五十歳
三月『夜はいま』（福武書店）を刊行。四月「中山坂」で第一四回川端康成文学賞受賞。八月『フェティッシュな時代』（トレヴィル、田中康夫と共著）。
一九八八（昭和六十三）年　五十一歳
四月、随想集『日や月や』（福武書店）、七月『ムージル観念のエロス』（岩波書店）を刊行。
一九八九（昭和六十四・平成元）年　五十二歳
五月『長い町の眠り』（福武書店）、九月『仮往生伝試文』（河出書房新社）を刊行。
一九九〇（平成二）年　五十三歳
二月、第四一回読売文学賞小説賞（平成元年度）を『仮往生伝試文』によって受賞。

一九九二（平成四）年　五十五歳

三月『楽天記』（新潮社）を刊行。

一九九三（平成五）年　五十六歳

八月『魂の日』（福武書店）、十二月『小説家の帰還　古井由吉対談集』（講談社）を刊行。

一九九四（平成六）年　五十七歳

四月、随想集『半日寂寞』（講談社）、八月『陽気な夜まわり』（講談社）、十二月、古井由吉編『馬の文化叢書9文学　馬と近代文学』（馬事文化財団）を刊行。

一九九五（平成七）年　五十八歳

十月、競馬随想『折々の馬たち』（角川春樹事務所）を刊行。

一九九六（平成八）年　五十九歳

六月『神秘の人びと』（岩波書店）、八月『白髪の唄』（新潮社）、『山に彷徨う心』（アリアドネ企画）を刊行。

一九九七（平成九）年　六十歳

一月『白髪の唄』により第三七回毎日芸術賞受賞。

一九九八（平成十）年　六十一歳

四月、短篇集『夜明けの家』（講談社）を刊行。

一九九九（平成十一）年　六十二歳

十月、佐伯一麦との往復書簡集『遠くからの声』（新潮社）を刊行。

二〇〇〇（平成十二）年　六十三歳

九月、連作短篇集『聖耳』（講談社）を刊行。

二〇〇二（平成十四）年　六十五歳

三月、短篇集『忿翁』（新潮社）を刊行。

二〇〇四（平成十六）年　六十七歳

五月、連作短篇集『野川』（講談社）を刊行。十月、随筆集『ひととせの　東京の声と音』（日本経済新聞社）を刊行。

二〇〇五（平成十七）年　六十八歳

一月、『聖なるものを訪ねて』（ホーム社・集英社発売）刊行。十二月『詩への小路』（書肆山田）を刊行。

二〇〇六（平成十八）年　六十九歳

一月、連作短篇集『辻』（新潮社）を刊行。

二〇〇七（平成十九）年　七十歳

八月、松浦寿輝との往復書簡集『色と空のあわいで』（講談社）を発刊。九月、エッセイ集『始まりの言葉』（岩波書店）、十二月、短篇集『白暗淵』（講談社）を刊行。

二〇〇八（平成二十）年　七十一歳
二月、講演録『ロベルト・ムージル』（岩波書店）、十二月『漱石の漢詩を読む』（岩波書店）を刊行。
二〇〇九（平成二十一）年　七十二歳
十一月『人生の色気』（新潮社）を刊行。
二〇一〇（平成二十二）年　七十三歳
三月『やすらい花』（新潮社）を刊行。
二〇一二（平成二十四）年　七十五歳
三月『古井由吉自撰作品』刊行開始（十月、全八巻完結）。七月、佐伯一麦との震災をめぐる往復書簡『言葉の兆し』（朝日新聞出版）を刊行。十月『蜩の声』（講談社）を刊行。
二〇一四（平成二十六）年　七十七歳
二月『鐘の渡り』（新潮社）、三月、『古井由吉自撰作品』の月報の連載をまとめた『半自叙伝』（河出書房新社）を刊行。
二〇一五（平成二十七）年　七十八歳
四月、大江健三郎との対談集『文学の淵を渡る』（新潮社）、六月『雨の裾』（講談社）を刊行。
二〇一七（平成二十九）年　八十歳
二月『ゆらぐ玉の緒』（新潮社）、七月、エッセイ集『楽天の日々』（キノブックス）を刊行。
二〇一九（平成三十一・令和元）年　八十二歳
一月『この道』（講談社）を刊行。
二〇二〇（令和二）年
二月十八日、肝細胞癌のため都内の自宅で死去。享年八十二。

（「文藝」自筆年譜、二〇一二年、河出書房新社、同『詩への小路』講談社文芸文庫等を参照。編集部）

あとがき——疫病の危機の下で

本年、二月二十七日の午前、『群像』の編集部から古井由吉氏が二月十八日に逝去されたという報を受けた。愕然とした。『新潮』に新たに連載がはじまり、さらなる峰を歩む作家の姿を追って行こうと思っていた矢先だった。八十二歳の生涯であった。最初にお会いしたのは、一九八九年に刊行された長篇小説『仮往生伝試文』について、『すばる』でインタビューした時である。本書にも収録したが、これはこの年に刊行された小説を月に一回、単行本が出る直前にインタビューをして作家に自作を語ってもらうという企画だった。筆者は十二人の作家の出来立ての作品を、鉄は熱いうちに打てとの調子で校正刷りを勇んで読み、話を聞くことができた。それこそ湯気の出そうなぶ厚いゲラで『仮往生伝試文』を読みながら、今自分は何か途方もない小説を前にしているとの予感に慄えた。だが、さらなる驚きはインタビューを終了し食事の後、タクシーで編集者と一緒に移動していたとき、古井氏が洩らした言葉だった。三十年を経た今でもよく覚えている。それは次作にどう向き合うか、書き終えた作品を乗り越えるようなものを、次にどう書くべきかとの呟きであった。

こちらがとくに問い尋ねたわけではなく、車外の繁華街の夜景に目をやりながらの、一瞬の作家の呟きであった。驚愕する他はなかったが、その後の古井文学はまさに一作ごとに現代日本文学に新たな足跡を印していった。小説というジャンルを、これほど深く掘り進んだ作家は稀である。明治以降の近現代文学でいえば、ノーベル文学賞を受賞した川端康成、大江健三郎、あるいは漱石、荷風、秋声、谷崎や三島と並ぶが、『源氏物語』以来のこの国の千年の文学史のなかにこそ、将来、古井文学は正確に位置づけられるべきであると思う。

古井氏の代表作にこのように直に接する僥倖を得て、また文芸批評を長年書いてきた者として、古井由吉の文学はいつか挑んでみたい高峰であった。この数年間、少しずつ試みの牛歩を続けてきたが、作家の生前にまとめることは残念ながらできなかった。ただ二〇一五年六月にやはり『すばる』でロングインタビューができたことは、嬉しかった。同誌八月号の特集「戦争を、読む」の一つである。今回本書への収録を許諾いただいた集英社『すばる』編集部に感謝したい。口絵に使わせていただいた古井氏の御写真もその時のものである。

内村鑑三やカール・バルトなどの神学者の著作を通じて、キリスト教信仰を得た筆者は、古井文学のなかにかねてより旧約聖書の預言者の風貌を深く感じ取ってきた。『楽天記』以降の後期の古井作品は、まさにその証左であろう。インタビューの最後で作家が語ってくれた言葉——「だけど、我々は生き残ったほうの末裔ですよね」との声は、新型コロナウイルスという災厄によって、世界中の「人間」がその存在を大きく問われている今日に、預言者としての小説家の救済のメッセージのようにも響くのである。アフターコロナなどという「浮く」言葉のなかで、このインタビューだけでも(そして何よりも古井由吉の遺した作品群を)一人でも多くの方々に読んでいただければと思う。本書がそのための水先案内人となれば、筆者としてはこれに勝る喜びはない。

本書は書き下ろしであるが、一部は『群像』(二〇二〇年五月号)の古井由吉追悼特集に寄せたものである。講談社の同編集部には以前より古井論の構想に御協力いただだいていた。このようなかたちで一冊にまとめることができたのを深く感謝したい。そして、文芸評論が出版困難な時代に（増してコロナ感染下の）、本書を勇断を以って刊行して下さるアーツアンドクラフツの小島雄社長に改めて御礼申し上げげたい。

最後になったが、雑誌『表現者』のご縁から二十余年にわたる交誼を思いつつ、装丁の労をとっていただいた芦澤泰偉氏に感謝する。

二〇二〇年七月二十七日

富岡　幸一郎

富岡幸一郎（とみおか・こういちろう）
1957年東京生まれ。文芸評論家。関東学院大学国際文化学部比較文化学科教授、鎌倉文学館館長。中央大学文学部仏文科卒業。第22回群像新人文学賞評論部門優秀作受賞。西部邁の個人誌『発言者』（1994〜2005）、後継誌『表現者』（2005〜2018）に参加、『表現者』では編集長を務める。
著書『戦後文学のアルケオロジー』（福武書店、1986年）、『内村鑑三 偉大なる罪人の生涯』（シリーズ民間日本学者15：リブロポート、1988年／中公文庫、2014年）、『批評の現在』（構想社、1991年）、『仮面の神学――三島由紀夫論』（構想社、1995年）、『使徒的人間――カール・バルト』（講談社、1999年／講談社文芸文庫、2012年）、『打ちのめされるようなすごい小説』（飛鳥新社、2003年）、『非戦論』（NTT出版、2004年）、『文芸評論集』（アーツアンドクラフツ、2005年）、『スピリチュアルの冒険』（講談社現代新書、2007年）、『千年残る日本語へ』（NTT出版、2012年）、『最後の思想　三島由紀夫と吉本隆明』（アーツアンドクラフツ、2012年）、『北の思想　一神教と日本人』（書籍工房早山、2014年）、『川端康成　魔界の文学』（岩波書店〈岩波現代全書〉、2014年）、『虚妄の「戦後」』（論創社、2017年）、『生命と直観――よみがえる今西錦司』（アーツアンドクラフツ、2019年）、『天皇論　江藤淳と三島由紀夫』（文藝春秋、2020年）他。共編著・監修多数。

古井由吉論（ふるいよしきちろん）
文学の衝撃力

2020年 9月23日　第1版第1刷発行

著者◆富岡幸一郎（とみおかこういちろう）
発行人◆小島　雄
発行所◆有限会社アーツアンドクラフツ
東京都千代田区神田神保町 2-7-17
〒101-0051
TEL. 03-6272-5207　FAX. 03-6272-5208
http://www.webarts.co.jp/
印刷　シナノ書籍印刷株式会社

落丁・乱丁本はお取り替えいたします。
ISBN978-4-908028-53-3　C0095

好評発売中

一日の光　あるいは小石の影
森内俊雄著

小説世界を支える日常生活と読書・思索。〈森内文学〉三十余年のエッセイ集成。「主題が互いに近接するように構成されていて、相互の響きあいが美しい」（堀江敏幸氏評）。

四六判上製　四八八頁
本体 3800 円

若狭がたり　わが「原発」撰抄
水上　勉著

作家・水上勉が描く〈脱原発〉啓発のエッセイと短篇小説二篇。〈フクシマ〉以後の自然・くらし・原発の在り方を示唆する。「命あるものすべてに仏心を示す大家・水上勉の真髄が光る」（鶴岡征雄氏評）。

四六判上製　二三二頁
本体 2000 円

不知火海への手紙
谷川　雁著

独特の喩法で、信州・黒姫から故郷・水俣にあてて、風土の自然や民俗、季節の動植物や食を綴る。他に鮎川・中上追悼文。「随所で切れ味するどい文明批評も展開」（吉田文憲氏）

四六判上製　一八四頁
本体 1300 円

温泉小説
富岡幸一郎編

19人の作家による20の短篇集。［近代］漱石・鏡花・芥川・川端・安吾・太宰など。［現代］井伏鱒二・島尾敏雄・大岡昇平・中上健次・筒井康隆・田中康夫・津村節子・佐藤洋二郎など。

A5判並製　二八〇頁
本体 2000 円

私小説の生き方
秋山　駿
富岡幸一郎編

貧困や老い、病気、結婚、家族間のいさかいなど、日常生活のさまざまな出来事を、19人の作家は小説として表現した。近代日本文学の主流をなす〈私小説〉のアンソロジー。

A5判並製　三二〇頁
本体 2200 円